GENTOSHA
OUTLAW
BUNKO

紅《あか》い花
人形の家3

藍　川　京

幻冬舎アウトロー文庫

紅《あか》い花

人形の家3

目次

紅《あか》い花　人形の家3　登場人物

柳瀬小夜（16歳）　旧姓深谷。高校二年生。

　深谷胡蝶　小夜の実母。小夜が小学六年生の時に死亡。享年四十一。

柳瀬緋蝶（44歳）　小夜の養母。胡蝶の妹、小夜の叔母にあたる。

柳瀬彩継（60歳）　緋蝶の夫。小夜の養父。著名な人形作家。

　鳴海麗児　性的な生き人形制作時の彩継の秘密の別名。

深谷景太郎（52歳）　小夜の実父。大宝物産勤務。

深谷愛子（40歳）　景太郎の再婚相手。

深谷瑛介（19歳）　愛子の実子。大学一年生。

須賀井宗之（46歳）　骨董屋「卍屋」主人。亡き胡蝶の同級生。

斉田瑠璃子（17歳）　小夜の親友。

第一章　小指

1

春になり、ふっくらとふくらんでいた椿のつぼみが、次々とひらいていった。早咲きの椿は秋が深まるころから咲きはじめるが、これからが本格的な椿の季節だ。

三月末から四月中旬にかけて、椿屋敷の椿も、たくさんの種類が咲きそろう。

白にピンク、赤に斑《ふ》入り、一重に八重に千重と、様々な色や品種の花がある。黒椿と呼ばれる真紅の濃いものも何種か咲いていた。派手な花とちがい、咲き競っているという感じはなく、奥ゆかしいものが多い。それでも、洋種の椿は華やかだ。

日本では、一重のひっそりとした椿が好まれている。侘《わ》び寂《さ》びを好むだけに、一見してカーネーションや薔薇《ばら》や牡丹《ぼたん》に見まがうほどの絢爛《けんらん》たる椿より、ひっそりと咲く椿に心を奪われ、心が休まるのかもしれない。けれど、小夜《さよ》は、直径十センチ以上もある大輪の椿も好きで、そんな大きな花でさえ、その風情は、どこかしら静やかな気がしていた。

国立大学に合格した瑛介《えいすけ》のことを考え、小夜は笑みをこぼした。

小夜を思うあまり、受験勉強に熱中できず、失敗してしまうのではないかと不安だった。それだけに、合格の知らせがあったと緋蝶《ひちょう》から聞いたときは、喜びのあまり、声を上げそうになった。

瑛介に会いたくてならない。だが、瑛介はやってこない。

いつかのように屋敷の庭に忍び込み、ひょっこり顔を出すのではないかと、帰宅した小夜は庭に出ずにはいられなかった。けれど、瑛介がいないとわかると、侘びしい気がした。

彩継《あやつぐ》に小夜人形の完成のためと、翳《かげ》りを一本残らず抜かれて間もないとき、何も知らない瑛介に強引に下腹部を見られてしまった。そのことがいつも小夜の心に引っかかっていた。思い出したくなかった。だが、思い出さずにはいられなかった。思い出しては屈辱に震え、消え入りたくなった。

そのことで、瑛介は自分を避けているのではないかと、憂鬱《ゆううつ》になることもあった。

だが、ある日、下校途中に、いきなり目の前に現れた瑛介に、小夜は驚いた。

「やあ」

瑛介はおどけた顔をした。

「地味かな？」

小夜には言葉の意味がわからなかった。

「目立つとまずいと思って、ジジ臭いセーターにした。最初、赤いセーターを着たけど、小夜ちゃんに迷惑をかけるといけないからな」

黒っぽいセーターとジーンズは、瑛介が女子高に通う小夜を気遣っているためとわかった。

「誰かに見られて、先生にでも言いつけられたときは、兄貴だと言えば済むことだがな」

「本当に、お兄さんじゃない……それに、よっぽど変な人といっしょじゃなかったら、いちいち言いつけられるはずがないわ。瑛介さんは、まともなお兄さんよ」

小夜は、そう強調したが、今さら兄と思えるはずがなかった。

「小父さん、いるか？」

「さあ……たいてい、いるはずだけど」

小夜は答えながらうつむいた。

会いたくてならなかったというのに、翳りのない下腹部を見られてしまったことを思い出すと、逃げ出したくなる。静まり返っている夜、あまりの羞恥《しゅうち》に、ベッドの中で身をよじって懊悩《おうのう》することがあった。瑛介に二度と会いたくないと思うこともあった。彩継との関係を嗅《か》ぎつけられているのではないかという恐怖もあった。

それなのに、瑛介はそんなことなど忘れているような表情をしている。

「小母さんに合格祝いをもらったから、それで、何か残るようなものを買いたいんだ。何がいいかな。小夜ちゃんに見てもらいたくてさ。小母さんが喜んでくれるものがいいと思って」

「お養母《かあ》さまにお礼のプレゼント？」

「いや、お祝いで何を買ったか見せたいから、ちょっと見てもらいたいんだ。まだ迷ってるんだ」

瑛介のやさしさを感じた。

「デパートに行ってみよう」

瑛介が歩き出した。

断る口実を考える間もなかった。

瑛介の前に出るとスカートの下を透かし見られるような気がして、小夜は、やや後ろを歩いた。

「文具がいいか、まったく関係ないものがいいか、どう思う？」

瑛介が振り返った。

「私、帰らなくちゃ……何でも好きなものを買えばいいわ……そうすれば、お養母さまも喜んでくれると思うから」

「女と男の感覚は微妙にちがうだろ？」

小夜がついてくるものと信じているのか、瑛介は、さっさと歩いていく。小夜はスクールカバンを持ったまま、瑛介の後を追った。

駅に着くと、瑛介に電車の切符を買って渡された。だが、ふたりは車内では他人を装い、黙りこくっていた。

デパートのエレベーターに乗るころは、ふたりきりではないにも拘《かか》わらず、窒息しそうだった。瑛介といることが嬉《うれ》しいにも拘わらず、やけに緊張していた。

瑛介は上階にある文具売場に直行した。玩具売場が隣接している。

「わあ、可愛い！」

ぬいぐるみ売場に目をやった小夜は、思わず声を上げて立ち止まった。

「うん？　何だ？」

「ほら、可愛いぬいぐるみがいっぱい……」

今までの緊張が嘘のようにほぐれていた。

「ガキみたいだな。どれが可愛い？」

「これ」

小夜は小さなトラの子のぬいぐるみを指した。猛獣の子だというのに、どこかしら頼りなげで、つぶらな目をしている。救いを求めているような表情にも見えた。

「そんなに可愛いか」

「凄《すご》く可愛い」

小夜は瑛介への拘《こだわ》りを忘れて、子トラを抱いた。まるで子猫を抱いている感じだ。

「よし、これにしよう」

瑛介は小夜の抱いたぬいぐるみを、自分の手に取った。そして、レジに向かった。

「それを買うの？　お養母さまにそれを見せるの？」

「ああ」

小夜は唖然《あぜん》として金を払う瑛介を見つめていた。

「あとひとつ買うぞ」

瑛介は文具売場に向かった。そして、さほど売場を見ないまま、万年筆を買った。

「いいものが買えた。つき合ってくれてありがとう。ついでに、もう一軒つき合ってくれ。時間、大丈夫だよな？」

また勝手に瑛介は歩き出した。

「待って。お養母さまが心配するわ。寄り道するときは、そう言って家を出るの。きょうはだめ」

「電話しろよ」

「携帯を持ってないの」

「貸してやる」

「でも、やっぱり……」

「お嬢さんだな。過保護すぎる。いや、小夜ちゃんが親を過保護にしてる。もうちょっとワルにならないとだめだぞ」

小夜は途方に暮れた顔をした。

「そんな顔するなよ……わかった。きょうは帰れよ」

瑛介が溜息《ためいき》をついた。

「今度の土曜の午後、家にいるよな？　小母さんに礼を言いに行くから、それまで、何を買ったか言うなよ。それより、きょう会ったこともないしょだ。絶対に秘密だぞ」

万年筆とぬいぐるみの包みを持った瑛介は、人混《ひとご》みのなかに消えていった。

小夜を強引に抱こうとしたことなど、すっかり忘れているような瑛介が不思議だ。

椿屋敷に来てまもないとき、蔵を覗《のぞ》いた小夜は、緋蝶と彩継の破廉恥《はれんち》な行為に唖然としたが、衝撃が強すぎただけ、かえって夢だと思うようになった。

今の感覚は、そのときと、よく似ていた。しかし、蔵を覗いたことも、そこで行われていた恥ずかしい行為も、やがて現実だと悟った。

瑛介との時間も現実なのだ。小夜はそれを自覚すると、ふたたび羞恥に懊悩した。

言葉どおり、瑛介は土曜の午後、椿屋敷にやってきた。小夜の実の父の景太郎《けいたろう》と、後妻の愛子《あいこ》もいっしょだ。

「過分にお祝いをいただきまして、ありがとうございました。何とか合格できてホッとしました」

愛子が緋蝶と彩継に丁寧に礼を言った。

「小母さん、記念に万年筆を買いました。なかなか書きやすいです。大事にします。ありがとうございました」

瑛介は胸のポケットから万年筆を出してみせた。緋蝶はそれを手にすると、口許をほころばせた。

「それから、これ、ゲーセンで遊んでたら取れたから、小夜ちゃんにいいかなと思って、持ってきてみたんだ。もらってくれるかな。子供騙《だま》しだけど」

瑛介は紙袋を小夜に押しつけた。

小夜は動悸《どうき》がした。

「まあ、可愛い」

横から紙袋を覗き込んだ緋蝶は、子トラのぬいぐるみを出して、子供のようにはしゃいだ声を上げげた。

「瑛介ったら、何が面白いのか、しょっちゅう、ぬいぐるみを取って来るんです。たいしたものはないのに、珍しくこれは上等ですよ。こんなものも、たまには入ってるんですね」

愛子が言った。

「小夜ちゃんは、いつも先生の素晴らしい人形を見てるから興味ないかな。好きじゃないなら、誰かにやってもいいから」

瑛介がこのぬいぐるみを買ったのは、小夜のためだったのだ。こんなものを買うのはおかしいとは思ったが、万年筆といっしょに持ち帰っただけに、プレゼントされるとは予想もしなかった。

「ほんとに可愛いわね」

緋蝶はぬいぐるみを顔の前に持ってきて笑っている。

「ありがとう……可愛いわ……でも、お養母さまが気に入ったみたい」

「まあ、小夜ちゃんのものを取り上げたりしないから安心して。でも、可愛いわねぇ。これ、買ったんじゃないの？」

「ゲーセン、小母さん、ゲームセンターのことです。わかりますよね？」

「あんまりよくわからないわ」

緋蝶が首をかしげた。

「じゃあ、今度、連れて行ってあげますから。お金を入れて、機械を縦と横に動かして、つまんで取るんです。勘が狂うと持ち上げられないってわけです。上手《うま》くなると病みつきになりますよ」

「いやね、瑛介ったら」

愛子が呆《あき》れている。

「瑛介に誘われてやってみたら、確かに面白かったぞ」

景太郎が味方した。

「小母さん、最近は、ゲーセンで楽しんでる中高年もいるんですよ、で、こういうぬいぐるみがいっぱい入ってるケースがあって、百円で一回とか、五百円で三回とか、機械を動かすことができるんです。収穫ゼロのこともあれば、好成績のこともあります。取るのが楽しいだけで、取ったやつは邪魔だから、女の子にやると喜んでくれるんです。一石二鳥でしょう？　ともかく、これは今までのうちで、いちばんいい奴だと思うな。ちゃちなのも多いんです」

瑛介は嘘が上手ぃ。

「ほんとに可愛いわ。小夜ちゃん、よかったわね。瑛介さん、今度は小母さんにも取ってきてね。楽しみにしてるわ」

緋蝶の言葉に、また場がなごんだ。

「小夜ちゃんは付属高校だから、そのまま大学まで行くことになって、受験なんて関係ないのかな。でも、家庭教師が必要なときは、半額でやりますから、よろしく」

瑛介は緋蝶と彩継に軽く頭を下げた。

「まあ、お祝いをいただいたばかりだというのに、今度はバイト代までいただくつもり？　それも小夜ちゃんを教えるのに……呆れた子」

愛子が緋蝶達に申し訳なさそうな目を向けた。

「ただと言っちゃ、小母さんも小父さんも遠慮すると思ってさ。そうでしょ？」

「気を遣ってくれてすまないな。だけど、小夜はなかなか優秀なんだ。気持ちだけもらっておこう」

彩継は笑みを浮かべていたが、むろん、瑛介が小夜の家庭教師をするなど、とんでもないと思っていた。

「どうやら家庭教師のバイトは無理みたいだな。他を探すか」

「まるでバイトしなくちゃ、生活していけないみたいじゃないの。恥ずかしいわ……お父さんにも失礼よ」

愛子がたしなめた。

「親の臑《すね》をかじる子ばかりなのに、たくましいわ。男の子はそのくらいがいいわ」

緋蝶が弁護した。

小夜は気に入ったぬいぐるみをプレゼントされたことが嬉しかった。瑛介への羞恥は消えるはずもないが、心が弾んでいる。

なかなか、ふたりきりになる機会はなかった。だが、帰りに三人を門扉まで送るとき、瑛介の歩みが故意に遅れた。小夜も瑛介に合わせた。

「ぬいぐるみ、ありがとう。私のために買ってくれたのね……」

「やけに気に入ってたみたいだからさ。今夜から抱いて寝るんだろう？」

瑛介がからかうように言った。その後で、

「今夜、部屋に入れてくれ。友達のところに泊まる振りをしてまた戻ってくる」

ふいにまじめな口調で言った。

「だめよ！」

驚いた小夜は、瞬時に断った。

「小父さん達に見つかると大変なことになるな。玄関からは無理だ。小夜ちゃんの部屋の裏側の和室からだ。端のほうが開くようにしておいてくれ。遅い時間に入るより、早くから入っておいたほうがいいかもしれないな。今なら鍵《かぎ》はかかっていないだろう？」

瑛介は、すでにそのつもりでいる。だが、小夜は不安に怯《おび》えた。

「だめ。そんなことはできないわ。だめなの」

「何もしない。いっしょにいたいだけだ。ふたりだけでいたい。そうするほかないじゃないか。学校帰りの道草も断られたしな」

「いつか時間をつくるから。来週から春休みだし」

部屋に入れるわけにはいかない。彩継に知られたときのことを思うと恐ろしい。いつ彩継が部屋に入ってくるかわからない。鍵をかけても、合鍵で入ってくるのはわかっている。

「待てない。絶対に部屋の鍵はかけるなよ」

「無理よ。見つかるわ。私の部屋はお養父《とう》さま達の部屋の近くなのよ。みんなの集まるお部屋……ダイニングとも近いわ。玄関にも近いの。わかってるでしょう？　無理よ。見つかったらどうなると思うの？　父も瑛介さんのお母さまも可哀想。このお養父さまは二度と瑛介さんを屋敷に入れなくなるかもしれないわ。ね、やめてちょうだい。お養母さまにも知られたくないの」

「いっしょにいたい。いっしょにいるだけでいいんだ。何もしない。絶対に今夜だ」

「今夜はだめ。今、生理なの。何もしないと言われてもいや。今夜はだめ」

小夜は必死の嘘をついた。どうしても拒まなければならない。けれど、「生理」と口に出すと頰が熱くなった。

瑛介がひるんだ。

「いっしょにいたいだけだ……」

「今夜だけはだめ。お願い、別のときにして。ちゃんと時間をとると約束するわ。だから」

「本当に約束してくれるんだな」

「ええ……だから、今夜はだめ」

「よし、指切りだ」

瑛介は瞬時に小夜の小指に自分の小指を絡め、景太郎達に悟られないように指切りをした。

そして、何ごともなかったように景太郎達と合流し、門扉の外に出た。

2

静まり返った夜中、瑛介にプレゼントされた子トラを抱いた小夜は、ベッドに横になり、切ない思いに浸っていた。

瑛介の小指の感触が甦《よみがえ》ってくる。口づけのときのような強烈な感触が残っていた。

土曜になると泊まりに来ることが多くなっていた瑠璃子《るりこ》は、今夜は従姉妹《いとこ》の結婚式に出席するため、家族で留守にしている。

瑠璃子がいたらと、小夜は思った。けれど、いちばん大切なことは話せない。養女になってからの彩継との秘密の時間は、決して洩《も》らすわけにはいかない。

しかし、今は瑛介のことを話したかった。ひとりの胸に秘めておくのが辛《つら》い。瑛介が自分に夢中になればなるほど、喜びより不安に掻《か》き立てられてしまう。

小夜はぬいぐるみを抱き締めた。懐に入る小さなぬいぐるみだけに、愛しくてならない。

「やっぱり瑠璃子には話せないわ……あのね」

小夜はぬいぐるみに、瑛介への思いを囁《ささや》いた。

今夜は彩継は来ないだろうか。やってくる予感がして目を覚ましていても、やってこないときがある。そうかと思えば、来ないだろうと油断して眠っているとき、侵入してきた彩継に起こされることもある。

彩継さえいなければ、瑛介の侵入を許していたかもしれない。瑛介は何もしないと言った。

いっしょにいたいだけだと言った。小夜も今、瑛介といっしょにいたかった。

これまで異性とつき合わなかったのは、興味がなかったからではなく、魂を奪われるような異性と巡り会えなかったからだ。それが、瑛介に会った瞬間、心が乱れた。


「瑛介さん……」


小夜はぬいぐるみを抱いたまま、何度も寝返りを打った。

生理などと嘘をついて強く拒否していなければ、瑛介はやってきただろうか。しかし、無事にこの部屋に入れたかどうか。そして、入れたとしても、彩継と緋蝶に悟られないように出ていくことができたか……。

瑛介を思うと切ない。未練がつのる。涙が溢れた。

ノブの音がした。

小夜はギョッとした。瑛介がやってきたのかもしれない。恐ろしいほどの動悸がした。


「小夜、眠ったのか……？」


囁きに似た声は彩継のものだ。

落胆と同時に、瑛介が強引に侵入してきたのではないとわかり、ほっとした。

小夜はぬいぐるみを抱いて、寝息をたててみせた。だが、鼓動は乱れている。

目を閉じていたが、薄い瞼《まぶた》を通して、かすかに明かりが灯《とも》ったのがわかった。

「小夜……」

　小夜は眠った振りを続けた。

　掛け布団が剝《は》がれ、抱いていたぬいぐるみを奪われそうになり、小夜は強く抱き締めて、寝返りを打つ振りをしてうつぶせになった。

　彩継の指がネグリジェの裾《すそ》に入り込み、ショーツまで這い上がると、わずかにずり下ろして、直に尻たぼを撫《な》でまわした。

　眠っている振りは続けられない。

　小夜は眠りを邪魔されて目覚めるときの、かすかにくぐもった声を出した。そして、その後、初めて彩継に気づいたように、驚きの声をあげて目をあけた。

「そんなぬいぐるみを抱いて寝るとは、まるで子供みたいだな。それとも、それをくれた兄さんに気があるのか」

　彩継は嫉妬していた。嫉妬のあまり、「兄さん」と、わざと、兄妹を強調する言葉を口にした。

　瑛介は危険な男だ。危険な匂いが漂いすぎている。瑛介がゲームセンターで気まぐれに取ってきたというぬいぐるみだが、最初から、小夜に渡すことが目的ではなかったのか。その忌《い》まわしいぬいぐるみを、その夜からしっかりと抱いて眠っていた小夜を見ると、瑛介に対して無性に腹が立つ。

誰しも彩継の生き人形には命が吹き込まれていると言う。そんな精密な人形を創っている彩継から見ると、ぬいぐるみなど雑な玩具でしかない。いくら可愛いと言われても、瑛介の持ってきたぬいぐるみだけに、よけいに受け入れられない。

「私がおまえのために創った人形は気に入らないのか」

「好き……」

小夜はネグリジェの裾をさりげなく元に戻しながら言った。

「じゃあ、それを抱いて寝ればいいだろう？」

「壊したら大変……抱いて寝るお人形と、そうじゃないお人形はちがうわ……これは、潰《つぶ》れても大丈夫だし」

「ぬいぐるみがいいなら、もっと大きいのを買ってやろう。朝になったら見に行こう。どんなぬいぐるみだって買ってやるぞ。ぬいぐるみが好きだとは思わなかった」

彩継は瑛介のぬいぐるみを小夜から離したかった。いくら大人げないと言われようと、瑛介と関わりのあるものは排除しなくてはならない。

「ありがとう、お養父さま……でも、これでいいの……大きいのはいらないの……これは小さいから抱いて寝られるの……」

「じゃあ、小さいのを買ってやろう」

小夜にとっては、他のぬいぐるみなど意味がない。だが、彩継の言葉は執拗《しつよう》だ。何かを感づいているのかもしれない。

「ついでのときでいいから……わざわざ買いにいかなくてもいいから……あんまり可愛いから抱いてたら、そのまま眠ってしまっただけ……お養母さまも、とっても可愛いって言ってたでしょう？」

これから、彩継に躰《からだ》を触られることより、瑛介のことで疑惑をもたれてはならないという思いのほうが強かった。

「もっと可愛いのを買ってやる。ゲームセンターなんかで取ったものなんかじゃなく、きちんとしたところに売っている上等の奴をな」

彩継は小夜の手からぬいぐるみを奪おうとした。けれど、小夜は、それより早く手を伸ばし、ベッドの脇に置いてある椅子に、故意に後ろ向きにぬいぐるみを載せた。瑛介の思いのこもっているぬいぐるみに、彩継との恥ずかしい時間を見られたくなかった。

「眠いの……寝ていい？」

このまま眠らせてもらえるはずがないのはわかっている。それでも、できるなら、今夜だけは瑛介のことだけを考えながら眠っていたかった。

「アレをしたのか？　それで疲れて眠ってしまったのか」

彩継の口から、ねばついた言葉が洩れた。

小夜の総身が火照《ほて》った。何度訊《き》かれても、自慰のことは恥ずかしい。

「とっても眠いの……このまま眠らせて」

「ああ、眠っていいぞ。眠るといい」

意外な言葉だった。だが、小夜が安堵《あんど》できたのは、ほんのひとときにすぎなかった。

「小夜は眠っていればいいんだ。眠っていても、処女かどうかの検査はできる」

彩継は小夜が元に戻していたネグリジェの裾を、再びまくり上げた。

「いや」

小夜は押し殺した声で言った。

「いい子でないと、今度は下の毛を剃《そ》ってしまうぞ。お仕置きには全部剃るより、半分だけ剃るといいかもしれないな。半分だけ剃られた恥ずかしいところを、男に見せるわけにはいかないからな。生え揃ってくると心配になってきた」

彩継は以前にも増して小夜に執着していた。

十六歳の小夜人形が出来上がったときから、どんなことがあっても小夜を他の男に渡したくないと思うようになった。翳りを抜いているときの恍惚感《こうこつかん》は忘れられない。まだ十六歳でしかない。しかも処女でありながら、小夜は艶《なま》めかしくも妖《あや》しい女だ。

小夜をみんなが狙っている。瑛介も狙っているにちがいない。亡くなった胡蝶《こちょう》一筋だった卍屋《まんじゃ》の須賀井《すがい》までも、小夜の人形を創ってくれと言った。須賀井に限って小夜に手を出したりしないだろうが、他の男はわからない。

小夜がひとりで屋敷の外に足を踏み出した瞬間から、野獣の中に子羊を放り込んだようで、不安を通り越した恐怖を感じる。できるものなら学校などに通わせず、屋敷の中で守っていたい。

「さあ、眠いなら眠っていろ」

彩継は薄暗い部屋の中で、異様に目を輝かせていた。

小夜は総身をこわばらせた。今夜は抵抗したい。しかし、いつもとちがう自分を見せて、彩継を不審がらせるのも怖い。

彩継の手がショーツを半端にずり下ろし、腹部を撫でまわした。小夜は荒い息をしていた。

幾度となくそこを這いまわってきた掌《てのひら》や指だ。

「眠っていろ……おまえが過ちを犯していないとわかれば安心する……おまえに限ってそんなことはないと思っている……しかし、その証《あかし》を見るまでは安心できない……おまえは大事な娘だからな……何かあったら、景太郎さんや亡くなったおまえの母親に申し訳が立たない」

彩継はいつものように、自分の行為を正当化するための言い訳をした。

小夜はこの時間が終わるのを待つしかないと悟り、目を閉じた。

半端に下げられていたショーツが踝《くるぶし》まで下りていき、片方の足首から抜かれた。

内腿がひらかれた。

小夜は切なげな声を鼻から洩らした。隠していた恥ずかしいところを風になぶられるときの屈辱と羞恥は、いつものことだ。それは、彩継の視線に肌をなぶられることを意味している。

夜中にこっそりと小夜の部屋に忍んでくる最近の彩継は、ペンライトを隠し持っている。薄暗い中でペンライトを照らし、薄桃色の粘膜を眺める彩継の行為に、最初は総身が震えるほど恥ずかしかった。

それからも恥ずかしさに変わりはないが、徐々に総身の力が抜けていき、体奥から不思議なものが湧《わ》きあがってくるようになった。髪の毛の先から足指の先まで、全身に余すところなく満ちていくそれは、切なく甘やかで、そんなとき、どうなってもかまわない、彩継のすることを、すべて受け入れてもいいとさえ思ってしまう。泣きたくなるほど切なかった。その切なさが心地よかった。そんな自分の感情が、小夜には理解できなかった。

彩継が女の躰のいちばん恥ずかしい中心の部分だけをペンライトで照らしている。照らされたところが熱を持ち、つぼみがふくらんでいくように、ゆっくりと咲きひらいていくようだ。そんなムズムズとした感覚に、小夜はいつものように、自然に拳《こぶし》を握った。

「いい子だ。ちゃんと処女膜はついてるようだ。おまえに触れることができる男は、何もかも揃った最高の男でないといけない。小夜はそれだけの女だ。いいか、自分がいかに上等の女であるかを、いつも自覚しているんだぞ。そうすれば、安っぽい男に惹《ひ》かれやしない。検査に合格したからには、いつもの褒美をやらないとな」

ライトに照らされたみずみずしい粘膜を穴があくほど見つめていた彩継の肉茎は、痛いほど立ち上がっていた。それをピンク色の秘口に押し込むことができたら……と、彩継は迷った。

小夜の初めての男は、彩継の気に入った者でなければならない。そんな男が、この世にいるはずがない。どんな男を連れてこられても、気に入るはずがなかった。だから、彩継自身で女にしなければならない。しかし、まだ決心はつかない。

処女のままの小夜を見ていたい。何者にも汚されていない無垢《むく》なままの女がいい。しかし、男と交わることによってのみ得られる肉の悦《よろこ》びも教えたい。教えるのは他人であってはならない。

彩継は養父として、娘になった小夜を犯してはならないとは思わなくなった。小夜を他人に渡すくらいなら、一生、蔵に閉じこめておいたほうがましだ。決心がつきかねているのは、女にするのはいつがいいかということだけだ。

十六歳になったからには、法律的にも親の許しがあれば結婚できる歳《とし》だ。子供を産んでもいい歳だ。だが、処女花を散らすのは惜しい。

十六歳で？　十七歳で？　十八歳で？　いや、二十歳までは……。それとも、一生……。

彩継はそんなことを毎日のように考え、ますます小夜への執着を深めていた。

そろそろ桜の花が咲きはじめる。桜の花びらの淡い色と散り際のはかなさ。そんな桜を愛でる日本人。しかし、ここに、どんな花より美しい花が存在することを誰も知らない。たとえ感づいた者がいたとしても、この極上の花を鑑賞するのは彩継だけでなければならない。彩継は小夜の親権を持つ養父としても、生き人形の最高峰を極めたと言われている芸術家としても、この世で唯一、小夜の秘密の部分を鑑賞する権利があるのだ。

「小夜のここの花びらは絶品だ。世界中のどんな花も、この花より劣る。いいか、小夜、おまえのここは誰より美しいんだ。色も形も触れたときの変化も、誰よりもな。おまえのここそ、神が創造したものの中で最高のものだ。どの女より美しい。覚えておけよ。これより美しいものを持った女はいないんだからな」

彩継は透明感を持った桜色の花びらを指先で揺すった。

「んふっ……」

小夜の鼻から洩れるひそやかな喘《あえ》ぎの心地よさに、股間のものがひくついた。

女の器官全体がみずみずしく輝いている。それは蜜《みつ》というより、特殊な潤滑油で潤っているように見える。真珠色に輝く一見して危ういほど繊細な器官から、処女でいながら、オスを惹きつけてやまないメスのにおいが漂っている。

彩継は荒い息をした。小夜の匂いが鼻孔に触れると苦しくなる。脈が速まり、血圧も急上昇していくのがわかる。

この匂いが部屋に漂い、やがて消えていくのが惜しい。秘所から漂い出す匂いのすべてを自分の体内に入れるように、彩継は大きく息を吸い込んだ。頭がくらくらする。かすかな匂いでありながら淫靡《いんび》すぎる。

匂いを嗅いだ彩継は、繊細すぎる器官を舐《な》め上げた。

あえかな喘ぎを洩らした小夜が、腰を突き出すようにして身悶《みもだ》えた。

顔を離し、ペンライトで照らすと、細長い包皮から、ちんまりした肉のマメが顔を出し、恥じらいの表情を見せた。

胸を大きく喘がせた彩継は、ペンライトを置いて、舌先で左右の花びらの尾根だけをそっと幾度も辿《たど》った。

「くっ……お、お養父さま……んんっ……はああ……」

押し殺した小夜の声が心地よい。股間のものは激しいひくつきを繰り返している。

小夜の息が短い間に、急激に荒くなってきた。ねばついた潤みが溢れ、二枚の花弁をぬるぬるにしている。

やわやわとした花びらの尾根だけを辿った。

やがて、小夜の総身が打ち震えた。

豊富に溢れ出した蜜液を、彩継は音をたてて吸い上げた。小夜の躰がふたたび硬直した。

3

骨董屋・卍屋の主人、須賀井宗之《むねゆき》は頻繁に椿屋敷に顔を見せるようになっている。

彩継には、須賀井が仕事のことだけでなく、小夜を目当てにやってくるのはわかっていた。

小夜がいないときに来ても意味がない須賀井は、夜の、さほど遅くない時間にやってくることが多かった。ときには彩継に了解を取り、料亭で待っていることもあった。決して小夜とふたりだけの時間を持つことはなく、彩継や緋蝶、たまに瑠璃子もいっしょに、にぎやかな食事になった。

　春休みになると、須賀井は昼食が終わったころに顔を出すことが多くなった。

「先生は？」

「あら、知人の個展に出かけてしまったんですよ。明日にしようかと言っていたのに、知り合いも顔を出すとかで、急に出かけてしまったんです」

「なんだ、いないのか……美味《うま》い酒が手に入ったから持ってきたのに……なかなか手に入らない幻の銘酒です」

「まあ、日本酒には目がないから喜びますわ。いつもありがとうございます」

「これは奥様と小夜ちゃんに」

　須賀井はクッキーの包みも差し出した。

「あら、ちょうどよかったわ。そろそろコーヒーでも淹《い》れようかと思っていたところです。よろしかったらどうぞ。瑠璃子ちゃんも来ているんですよ。大勢でいただいたほうが美味《おい》しいわ」

「先生が留守なのに悪いなあ……」

　須賀井はそう言ったものの、小夜がいるとわかっただけで心が躍っていた。

「こんにちは！」

和室に通されるなり、瑠璃子がやってきた。

「オジサン、いつもご馳走してくれてありがとう。今夜も料亭なの？」

「まあ……そんなにいつも高級なところに行っていたら、卍屋さんでも持たないわ。ねえ？」

緋蝶は須賀井に相づちを求めた。

「いいえ、かまいませんよ。でも、先生がいないんじゃ、後で叱られるかな」

「私、オジサンに何回も美味しいものを食べさせてもらったから、最近、舌が肥えてきたの。ファミレスやコンビニのものが不味《まず》くなってしまって困ってるの」

瑠璃子は溜息をついてみせた。

「何回もって、まだ三回じゃなかった？」

後からやってきた小夜が、呆れたという顔をした。

「もう四回よ。和食の通になっちゃった」

「和食の通になられたんじゃ、これから、うちのお料理を食べてもらうのが不安だわ」

緋蝶が笑いながら出ていった。

彩継から遅くなると連絡が入り、四人で料亭に出かけた。

彩継がいないので酒もほとんど呑《の》まなかった須賀井は、そのあと、三人を喫茶店に誘った。

「もうだめ。お腹が破裂しちゃう……」

すべてを平らげた瑠璃子が、お腹をさすりながら苦しそうな顔をした。

「あのね、瑠璃子は和食の通だと言ったけど、食べ終わったときに、そんなに苦しいのは通じゃないと思うけど」

「食べてしまうのはマナー。小夜は、ときどき残してたわね。全部食べるほうが偉いのよ。ねえ、オジサン」

「なんとこたえたらいいか、難しいところだな」

「どういうこと？」

「うん、全部食べるのは確かに偉いし、作った人も喜んでくれる。だけど、そのうち、自分の食べる量がわかってきて、最後まで食べるには、どこかで遠慮したり、適当に残すこともある。ただし、行きつけの店でないと、どのくらいのものが出てくるかわからないし、自分で加減しながら食べるのは難しい。お腹いっぱいになったら、途中でストップをかけるのもいい。我儘《わがまま》が言えるところなら、少なめにとか多めにというのもいいかもしれない」

「ね？　コーヒーも飲めないほど食べてしまうのは、通じゃないってわかった？」

「コーヒーぐらい飲めますよォ、だ。オジサンに、これ以上ご馳走になると悪いと思って、お腹いっぱいの振りをしただけよ」

小夜の言葉にフンと鼻を鳴らした瑠璃子は、緋蝶達の笑いを誘った。

「ここに飾ってある皿は、たいてい、うちから持ってきたものなんだ。店の雰囲気にぴったりだろう？」

須賀井は得意げに磁器の絵皿を指した。

「持ってきたって、タダで？　まさかね。商売だし、うんと儲かってるから、私たちに高級なものを食べさせてくれるんでしょ？　これでいくら儲かったの？」

瑠璃子の問いに、須賀井は、参ったな、と困惑気味に言った。

「先生が私のことを、いつか、詐欺師だなんて言ったから、瑠璃ちゃんにも、あくどい商売をしていると思われてしまってるのか……小夜ちゃんはそんなこと思ってないよな？」

「ふふ、わからないわ」

小夜は須賀井の困惑がおかしく、わざとそう言った。

「小夜ちゃんにまで悪徳商人と思われたんじゃ、立つ瀬がないな」

冗談をまともにとっている須賀井に、小夜は慌てた。

「小父さま、本当にまじめなんだから。小父さまが、とってもいい人だってことぐらい、ちっちゃいときからわかってたわ」

とたんに須賀井の顔がゆるんだ。

「オジサンって、まじめすぎるから結婚できないの？　まさかね」

「まあ、そんなこと言っちゃだめ……」

瑠璃子の歯に衣《きぬ》着せない言葉に、今度は緋蝶が慌てた。

須賀井の勧めたケーキセットが運ばれてくると、瑠璃子は、あっという間に平らげてしまった。

「ね、満腹になるまで和食をいただいたんじゃないってわかったでしょう？」

瑠璃子は誇らしげに言った。

須賀井は、三人を椿屋敷までタクシーで送り届けた。彩継が帰宅していないのがわかると、そのまま待たせていたタクシーで帰っていった。

「先生、いつ戻ってくるのかなあ」

瑠璃子が呟《つぶや》いた。

「おつきあいがあって、午前様になるかもしれないわ。お風呂に入って、早く休んだほうがいいわ」

「お人形のこと、いろいろ訊きたかったのに……」

「明日はいると思うから大丈夫よ」

三人は風呂に入ったあと、それぞれの部屋に落ち着いた。

「小夜はいいな……」

ベッドに入った瑠璃子が羨《うらや》ましそうに言った。

「私、このお屋敷、気に入ってるんだ。小夜は帰らなくていいけど、私、明日になったら帰らないといけない。ときどき泊まっても、また帰らないといけない……先生のお人形、ここにはいっぱいあるし、小夜は、いつもここにいられていいな……私も、ここの養女になりたいな」

瑠璃子が養女になることを諦《あきら》めきれないでいるのを知り、小夜は困惑した。

「なかなか見せてくれないようなお人形もあるみたいだけど、全部、見せてもらったんでしょう？」

小夜は首を振った。

「小夜も見てないのがあるの？　どんなお人形かな」

小夜は自分の恥毛まで植え付けられた人形を脳裏に浮かべた。そして、そういう人形が、まだ何体もあるかもしれないと思うようになっていた。

「先生、いつ帰ってくるのかなあ」

「おつきあいが大変なときは朝方のこともあるみたい……」

彩継のことを、小夜は、これ以上話したくなかった。

「朝方かあ……先生も大変ね」

瑠璃子は溜息をついた。

「彼がいないと、たまにはしたくなるのよね」

「えっ？　何を……？」

「そんなにとぼけて……でもないか。小夜はネンネだもんね。セックスに決まってるでしょ。躰をぴったり合わせてさあ」

どぎまぎしている小夜を、瑠璃子は楽しそうに眺めた。

「小夜は、いつヴァージンなくすのかな」

「まだ彼もいないのに……」

「小夜がその気になれば、いつだってすぐにできるのに。骨董屋のオジサンみたいに、独身のまま四十歳になんてならないでよ。ねえ、久しぶりにいじりっこしようか」

瑠璃子がねばついた視線を向けた。

「だめ……お養父さまが帰ってきて、部屋を覗いたら困るでしょ？」

「えっ、先生が覗くの？」

「まさか。きょうは瑠璃子がいるのがわかってるし、戻ってきたら挨拶しにくるかもしれないじゃない」

小夜は慌てて言い繕った。

「そのときは、先生、ドアを叩《たた》くはずよ。レディの部屋だもん。いきなり入って来るはずないでしょう？」

瑠璃子は小夜の乳房を、ネグリジェ越しにつかんだ。

「あう、だめ」

「最近、いじりっこしなかったよね。春になって、やっと今年の初いじり」

「いや。変なことしたら、お養父さまに言うから」

「叱るはずないわ」

「えっ？」

瑠璃子はハッとして動きを止めた。

彩継から、「小夜に触ってもいい、だが、処女膜を傷つけるようなことはするな」と言われている。瑠璃子は滑り出た言葉に狼狽《ろうばい》した。

「先生は私たちが仲がいいことを知ってるし、いっしょにお風呂に入っても何も言わないわ。だから、ちょっとぐらい触ったって、怒るはずがないし、いいと言うに決まってるでしょ……？」

必死に知恵を絞った瑠璃子は、とっさの言葉に満足した。

「お養父さまの問題じゃないわ。私がいやなの……」

「小夜は私が嫌い？　アソコをいじると、気持ちよくてガクガクするじゃない。それに、嫌いなら、泊めたりしないでしょ？　同じベッドで休んだりしないでしょ？」

なかなか彩継とふたりきりになる機会がなく、思うように愛してもらえない不満を、瑠璃子は小夜に向けた。

今夜は彩継に会うことすらできない。著名な人形作家だけに、つき合いがあるのもわかるが、瑠璃子が泊まるとわかっているなら、もう少し早く戻ってきてもいいのではないか。

料亭で食事したりケーキを食べている間は何とか気が紛れたが、屋敷に来ていながら彩継がいないことで、瑠璃子は苛立《いらだ》っていた。

「オマメを教えてあげたのは私よ。小夜はネンネだから、オユビアソビしていながら、ずっとオマメを知らなかったじゃない。最初のとき、触ったら、すぐにイッたよね。オマメをいじってあげる。舐めてあげてもいいのよ」

「いや」

「触らせてくれたっていいじゃない。まだアソコを見せてくれないなんて変じゃない？　見せて」

いちど翳りを抜かれてしまった場所を、瑠璃子には見せたくない。すでに生えそろっていても、どこか不自然だと思われるような気がしてならない。

瑠璃子が手を伸ばして、強引にショーツに手をかけた。

「いやっ！」

緋蝶を気にして、小夜は押し殺した声で、しかし、強い態度で拒んだ。

「まるで私のことを嫌ってるみたい」

手を止めた瑠璃子の言葉に、小夜は動揺した。

「そんなこと、ない……」

「だって、今、すごく邪険に手を払ったじゃない」

「だから……無理に瑠璃子があんなところに触ろうとするから……」

「いつかも触ったじゃない」

「もういやなの……だって」

「だって何？」

今までにない、きつい目で見つめられ、小夜は追いつめられた。

「ねえ、だって何？」

「だって……やっぱり……男の人に触ってもらうのが自然だし」

何とかこの場を切り抜けなければならない。

「小夜のエッチ。ばか」

とたんに瑠璃子が笑い出した。

「小夜も男の人に触ってもらいたいんだ。男嫌いじゃないんだ」

瑠璃子の勘違いに、小夜は救われた。

「男の人にならいいってこと？」

小夜は頷《うなず》いた。

「だけど、女同士もいいと思うけど」

「だめ」

即座に拒否した小夜に、また瑠璃子が笑った。

「わかった。そのかわり、私を気持ちよくして。いじられるのがいやでも、いじるのはいいでしょう？　アソコに指を入れて、オマメや花びらも触って」

動悸がした。

「指入れるの、怖い……」

「まったく……じゃあ、自分で入れるから、ほかのところをいじってよ。オユビだけじゃなく、ナメナメもして」

瑠璃子はベッドから立ち上がってドアの鍵をかけると、パジャマとショーツを脱いで、軽く脚をひらいた。

小夜より濃い翳りだ。瑠璃子の秘園はすでに何度も見ているが、そのたびに脈が速くなる。指だけでなく、口で触れるようにと言った瑠璃子に、彩継に舌で触れられたときの羞恥が甦った。

瑠璃子は右手の人差し指を秘口に当て、するりと押し込んでいった。これも処女の小夜には刺激的な光景だ。

「触ってよ」

小夜は胸を喘がせながら、久しぶりに、自分より大きめの瑠璃子の花びらに触れた。指先で花びらを揺すった。

瑠璃子は鼻から喘ぎを洩らした。

「今度はオマメがいい」

花びらを遠慮がちに触っていた小夜に、瑠璃子は自分の欲求を堂々と口にした。小夜は肉のマメを包んでいる細長い包皮を押さえて左右に揺らした。

「あう……やっぱりオマメが気持ちいい……そうやって触られると、この中が……締まるの。小夜、指を入れてみて」

「いや」

小夜が断ると同時に、瑠璃子は秘口から指を抜いた。

「オユビ、入れてみてよ」

「だめ……」

「入れないと、押さえつけてでも、小夜のアソコ、見るから」

瑠璃子の強い視線に、小夜はたじろいだ。

「怖いからいや……」

「私がヴァージンならわかるけど、今だって、自分の指を入れてたのよ。怖いはずないでしょ？　やっぱり私が嫌いなの？」

瑠璃子は、またしても小夜を困らせ、追いつめていった。

「そうか、私のアソコ、汚いと思ってるんだ。だから入れないんだ」

「そんなことない……」

「じゃあ、どうして入れられないの？　オユビを入れたり出したりすると気持ちがいいのよ。して」

「怖い……」

「私のことが嫌いだから、怖いと言うのね？　怖いんじゃなくて、嫌いと言ったら？　気持ち悪いと言ったら？」

瑠璃子が苛立ってきた。

本当に怖い。小夜は泣きたかった。

「小夜のヴァギナにも、そのうち、男の人のものが入るのよ。自分のアソコは綺麗だけど、私のココは汚いと思ってるのね？」

「そんなことない……ほんとに怖いの」

「オユビが腐ると思ってるの？」

「そんなことないから……」

「だったら、私が嫌いじゃない証拠に入れてよ」

時間が経《た》てば経つほど、瑠璃子の機嫌が悪くなるのは目に見えている。

小夜の胸の喘ぎが、いちだんと大きくなった。そのとき、瑠璃子は小夜の右の人差し指を取り、秘口まで持っていった。

瑠璃子は小夜の指を放さなかった。そのまま、強引に秘口に導いていった。

「怖い……」

肉ヒダを押し広げていく指先が、恐怖におののいている。

熱い肉の器の感覚は奇妙で恐ろしい。熱い器に指を呑《の》み込まれ、二度と返してもらえないような恐怖も覚えた。

瑠璃子は最後は小夜の手首を握って、人差し指の付け根まで押し込んだ。小夜の指が沈んでしまうと、瑠璃子は勝利の笑みを向けた。

「どう？　熱いでしょ？　どんな感じ？　オマメをいじると締まるのよ」

瑠璃子は自分で肉のマメを包皮の上から揉《も》みしだいた。

肉ヒダがキュッと締まった恐ろしさに、小夜は声を上げて指を抜いた。

瑠璃子が口を押さえて笑った。

第二章　至高の花

1

教室は冷房が効いていて快適だが、外には強い日差しが照りつけている。

「夏休みは、うんと先だと思ってたけど、あと一週間ね。嬉しいな」

瑠璃子が伸びをした。

期末試験も終わった。特別に成績が悪くなければ、エスカレーター式に女子大に進むことができる。そうすれば、受験も苦労しないですむ。受験校の学生達に比べれば、みんな、のんびりとしていた。けれど、小夜は教科書をひらいていた。

「まじめね。夏休みを待つだけなのに。試験の成績もよかったじゃない」

瑠璃子は、小夜がこのまま女子大に行くと思っている。だが、小夜は瑛介と同じ大学に行けたらと思うようになった。同じ大学に合格すれば、二年間は瑛介と同じ大学に通える。

しかし、ことあるごとに密室での接触を試みようとする瑛介を、小夜はかたくなに拒んでいた。

瑛介は、こっそりと椿屋敷に忍び込み、小夜の部屋に入り込むことを望んでいる。けれど、小夜の協力がない限り、成就しない。

業《ごう》を煮やした瑛介は、彩継や緋蝶に見つかってもいいから、強引に忍び込むと言い切った。彩継に見つかったときのことを思うと、小夜は折れるしかなかったが、月に二回、外でお茶を飲むという子供じみた約束でしかなかった。そのくらいなら、何とか周囲を騙せるだろう。

瑛介と会うたびに小夜の心は弾んだ。けれど、いつも不安が同居していて、逢瀬のあとは、いつそれを指摘されるかと、帰宅しても落ち着かなかった。

「ねえ」

瑠璃子が唇をゆるめた。

「暇だから、きょう、遊びに行ってもいい？」

瑠璃子は、そのつもりだという口調だ。

「きょうはだめ……」

瑛介と会う日だ。小夜はすぐさま断った。

「どうして？」

「お客さまがいらっしゃるの……」

「誰?」

「お養父さまの関係……」

「なんだ、オジサマの知り合いなら、小夜は関係ないじゃない」

「お手伝いしないといけないの」

「小母さまがいるじゃない」

「出かけるから」

「だったら、私も手伝うから」

なぜすぐに諦めてくれないのかと疎《うと》ましく、小夜は苛立った。

「ごめんね。お客さまがいないときにしてね」

長引くやりとりはマイナスにしかならないと、いつになくきっぱりと断った。

瑛介と会うときは、いつものように瑠璃子といっしょに下校して、いつもと同じところで別れる。小夜は、そのまま家に帰る振りをして、瑛介との約束の場所に向かう。

きょうも同じだった。

アンティークの小物が置かれた〈童里居夢《どりいむ》〉は、本来、骨董屋だ。道楽で喫茶店もやっているが、店の置物のすべてを客に売るので、ときにはテーブルが変わっていたり、照明が売れたばかりで薄暗かったりして、それも常連客は面白がっていた。

喫茶店をやっているのを知らないで通り過ぎる者も多く、昔からの馴染《なじ》み客が多かった。

瑛介との待ち合わせは、いつも〈童里居夢〉というわけではなかった。事前に瑛介が、面白い店や落ち着ける店を探してくる。あまり目立たない店、ふたりでいても、さりげなさを装うことができる店が大切だ。

〈童里居夢〉は、客がアンティーク好きで、他の客に、あまり注意を払わないのがよかった。それに、小さなテーブルが適当な場所に置かれていて、それぞれの席が離れているのもいい。

アールヌーヴォーの飾り棚の横の席で、瑛介は小夜を待っていた。

大学は、すでに夏休みに入っている。

だいぶ瑛介に慣れてきた小夜だが、翳りを抜かれた恥ずかしい部分を見られているだけに、いつも拘りがあった。それを口にしない瑛介だが、忘れているはずがない。

「夏休みはアルバイトするって言ってたのに」

「ちゃんとやってる」

「きょうは、お休みしたの？」

「いや行く。小夜はケチだから、いつも、一時間しか会ってくれないじゃないか。たった一時間のために、わざわざバイトを休むことはないし」

瑛介は小夜を呼び捨てにするようになっていた。

「お養母さま達に知られると困るもの……」

「まあ、俺としては小母さんより、小父さんに知られるとまずいと思ってる。小父さんは小夜を、外の黴菌《ばいきん》から守ろうとしているからな」

「黴菌だなんて」

「小父さんは男達を黴菌としか思っていないさ。小夜のことを、ただの娘じゃなく、神聖な神として祀《まつ》っていたいくらいだろうからな」

「そんなことないわ……」

「きっと、小父さんほどの人形作家なら、小夜そっくりの人形を創りたいはずだ。もう創ってるかもな」

制服の下の乳房が波打った。

小夜は話を逸《そ》らそうと、アップルティの入ったカップを口に運んだ。

「夏休みになったら、どこかに行こうか。たまには朝から夜まで出かけたっていいだろう？一泊でもかまわない。というか、そのほうがいいに決まってる」

「だめよ……」

ふたりきりになれば何かが起こる。まだ小夜にはそれを受け入れる勇気がなかった。

「じゃあ、いよいよ、小夜の部屋に忍び込むしかないな」

「絶対にだめ……」

瑛介の言葉は冗談とは限らない。いつでも、その気になれば実行するだろう。小心な小夜とちがい、大胆だ。

「いつも何を恐れてるんだ」

瑛介の問いに困惑しながら、小夜は首を横に振った。

何を恐れているのか……。彩継の目か、未知の世界にか……。自分は、ひと一倍臆病なのか……。

「男嫌いじゃないよな？　男は嫌いじゃないが、あんなことをするのがいやか」

「ばか……」

暗に男女の営みを匂わせた瑛介に、小夜はうつむいた。

瑠璃子のように、さっさとヴァージンなど捨ててしまえたら、どんなにいいだろう。

彩継は処女膜を理由に、小夜を辱《はずかし》める。女の躰に処女膜などという面倒なものがなかったら、彩継との関係はどうなっていただろう。彩継に破廉恥な検査をされないとわかっていたら、簡単に瑛介に抱かれていただろうか。しかし、そんなことより、小夜は得体のしれない何かが怖かった。漠とした恐怖は、いつから芽生えただろう。中学生になるころだったか、もう少し前だったか……。

男達に注がれる目が気になるようになった。自分の中に男達を惑わす魔物が棲《す》んでいるのだと思うようになった。男との距離を置こうとした。

しかし、もっとも近いところにいる彩継からは逃げられない。そして、瑛介は小夜を困らせて、強引に逢瀬を重ねようとする。瑛介が嫌いではない。それなのに、避けようとしてしまう。いつになったら、自分の不可解な心が理解できるようになるだろう……。

「お代わりしたらどうだ？」

いつしかアップルティが空になっている。

「小夜といると、一時間が、せいぜい十分にしか感じられない。小夜がシンデレラだったら、零時まではいっしょにいられるのに、椿屋敷のお嬢さんはそうはいかないから困ったものだ」

確かに、一時間は、またたくまに過ぎてしまう。瑛介と、もっといっしょにいたいと思っても、彩継に不審がられるのが怖い。緋蝶はおっとりしていて、多少、小夜が辻褄《つじつま》の合わないことを言っても気づかないが、彩継をごまかすのは容易でない。

「もう一時間か……俺も哀れなナイトだな。たった一時間しか好きな女を束縛できないなんて」

会えば赤裸々に好きだと告白する瑛介が、いつも約束どおりに家に帰してくれることで、小夜は日ごと、瑛介への信頼を深めていた。しかし、だからといって、こっそりと部屋に招き入れるような冒険はできそうにない。

「これ、買ってやろうか」

アールヌーヴォーの飾り棚には、アンティークの様々な香水瓶《こうすいびん》が並んでいる。透明、黒、グリーンなどの色も美しいが、角《つの》のように尖《とが》っていたり、丸かったり、ガラスの蓋《ふた》の形が面白かった。

「このグリーンの瓶、可愛くて小夜みたいだ。これにしよう」

「いいの。ここのは、きっと高いわ。それに、これを抱いて寝るわけにはいかないもの」

そう言った後で、小夜は赤面した。

「あのぬいぐるみを抱いて寝てるな？　子トラのくせに、毎日、小夜に抱いてもらえるなんて、羨ましい奴だ。今度、生まれ変わるときは、あのぬいぐるみになるぞ。それとも」

瑛介はにやりとした。

「これを抱いて寝るわけにはいかないが、俺なら抱いて寝られるという意味か」

困惑を楽しむように、瑛介はわざと恥じらう小夜を正面から見つめた。

「一時間経ったから……」

小夜は質問から逃げた。

「はいはい、お嬢さん、わかりました。じゃあ、勘定をすませるから、店を出た右手の角あたりで待っててくれ。見送りぐらいさせろよ」

瑛介が立ち上がった。

瑛介は、けっして小夜に支払いはさせなかった。

一時間では、食事をするには短すぎる。食べて帰れば、緋蝶のせっかくの料理を残すことになる。紅茶とケーキでは、たいした金額にもならず、それも、月に二回のことなので、小夜はアルバイトしているという瑛介に支払いを任せていた。

店の外に出ると、むっとした真夏の空気がまとわりついた。強い日差しが照りつけている。誰もが日差しを避けて隠れているのではないかと思えるほど、あたりに人影はなく静かだ。

「おっ、カワユイじゃん」

「ちょっとつき合えよ」

「面白いこと、教えてやるぜ」

通りかかった二十代前後に見える三人の男が、小夜を見て立ち止まった。

脱色した髪を逆立たせている男、耳だけでなく、眉や唇にもピアスをしている男、いかにも品のない笑いを浮かべている小さな男と、三人とも雰囲気が異様で、小夜は身の危険を感じた。

人通りが途絶えている。早く瑛介が出てこないかと泣きたくなった。

「いいことしようぜ。減るもんじゃねェしよ」

「いいわ、いいわ、死ぬ死ぬゥ」

髪を脱色している男が、卑猥《ひわい》に腰を振った。

「よう、色っぽい腰つき！　と言いたいところだが、おまえじゃなあ。カワイコちゃんにしてもらいてェ。腰、振ってみろ」

ピアスの男も、左右に腰を振り立てた。

三人の男は下卑た言葉を吐いて破廉恥な動作をしては、小夜に、にやついた目を向けた。

「なァ、つき合えよ。暇なんだろ？」

「サービスするぜ」

逃げようとすると、髪を脱色した男が、小夜の腕をつかんだ。

小夜の喉《のど》から、風を切るような、声にならない恐怖の音がほとばしった。

「やめろ！」

店から出てきた瑛介が顔色を変えて駆け寄り、小夜の腕をつかんでいる男の手を振り払った。

「よう、色男。怪我《けが》しねェうちにどきな。俺達の女だせ」

「ああ、俺達のオトモダチってわけよ」

男達は、今まで小夜と瑛介がいっしょにいたことを知らない。瑛介がたまたま店から出てきたと思っている。

「カワイコちゃんは、これから俺達とデイトだぜ」

「悔しいか。へへっ」

脱色が、小躍りするように足を踏みならした。

「友達？　まさか。どう贔屓目《ひいきめ》に見ても、彼女に食いつこうとしているダニだな」

「何だとォ！」

「偉そうにしやがって！」

三人が同時に瑛介に襲いかかった。

「逃げろ！」

戦いている小夜に向かって、瑛介が男達の間から叫んだ。

小夜は動けなかった。

「行け！　何も言うな！　行くんだ！　まっすぐ帰れ！」

苛立った声で叫んだ瑛介に、小夜は、やっと動いた。だが、瑛介を置いたままでは逃げられない。

「バカ野郎！　行け！」

やさしいはずの瑛介に、鬼のような顔をして怒鳴られ、小夜は走り出した。

小夜を追いかけようとするピアスの男を、瑛介は後ろから蹴《け》り上げた。

くぐもった声を押し出し、男が転んだ。

「この野郎！」

瑛介のサマースーツを後ろからつかんでいたチビの男が、膝《ひざ》で瑛介を蹴り上げた。

右腕をつかんでいる男ともども、くるりと回転しながら振り払った瑛介は、小夜の姿が消えたことを確認して安堵した。

その瞬間、充血した怒りの形相で起き上がったピアスの男が、右手にナイフを持って襲いかかった。

「くたばれ！」

瑛介は男の怒声と同時に、胸に迫った銀色に光る刃物を振り払うため、利き腕の右手で躰を庇《かば》った。その瞬間、焼け火箸を当てられたような感覚が走り抜けた。ナイフが右手の肘《ひじ》の、やや下に突き刺さった。

瑛介の唇から呻《うめ》きが洩れた。

ナイフを引き抜いた男が、苦痛の表情を浮かべる瑛介を見て、薄い唇をゆるめた。

「もうひと刺しで、お陀仏だぜ。心臓がいいか、腹を刺されて、腸《はらわた》を引きずり出されたほうがいいか、どっちにする？」

瑛介は男の股間を蹴り上げた。

「ぐっ」

ピアスの男が、仰向《あおむ》けに、ひっくり返った。

ナイフが落ちた。

「警察だ！」

背後で声がした。

脱色とチビが逃げ出した。

瑛介は刺された腕を左手でつかんで押さえたまま、ピアスの男がナイフを拾わないうちに、遠くに蹴った。

ふたりの男が駆け寄ってきた。股間を押さえて起きあがろうとしているピアスの男を、年輩のほうが押さえつけ、若い男は携帯で警察と救急車を呼んだ。

「大丈夫か」

「ええ。刑事さんですか」

「いや、とっさに警察と言っただけだ」

年輩の男が笑うと、

「チクショウ、放せ！」

ピアスの男が、これまで以上に抵抗した。

「助かりました。遠くの親戚より近くの他人って言葉がありますが、遠くにいる刑事より、ここにいる偽刑事のほうが役に立ちますね」

無駄口を叩く瑛介の薄いサマースーツのジャケットは紅く染まり、鮮血の輪を広げていた。

2

椿屋敷の門扉に辿り着いたとき、小夜の全身から力が抜けていった。その場に崩れ落ちそうになった。

屋敷に入っても、玄関に入るのに拘りがあった。今、どんな顔をしているだろうと、鏡を見るのさえ怖かった。

このまま玄関に入れば、異変に気づかれる。そう思った小夜は、心を落ち着かせるために、玄関を避け、裏庭に出て、池のほうに向かった。

ピンクの百日紅《さるすべり》の花は、まるで太陽の日差しを栄養にして咲き誇っているようだ。可憐《かれん》な花をひらいている白い未草《ひつじぐさ》は、池の水面すれすれに浮かんでいる。

花の好きな小夜は、庭の花を眺め、心を落ち着かせようとした。だが、いつものようにはいかなかった。

いくら瑛介がスポーツで鍛えた頑丈な躰をしているとはいえ、三人の男を相手に無事なはずがない。三人に殴られている姿が脳裏に浮かび、胸が苦しくなった。

なぜ帰ってきてしまったのか、なぜ、警察に連絡しなかったのか、時間が経つほどに後悔ばかりがよぎっていく。

あのときは、ただ恐ろしかった。かつてない瑛介の語調の強さに気圧《けお》され、あの場を離れ、ひたすら走った。

しかし、こうして帰宅してみると、自分の行為は、瑛介を見捨てるだけの薄情な行動だったと気づかされた。あのときは、頭が真っ白になり、自分の意志など消え失《う》せていた。瑛介に命じられたことを実行した。

瑛介は、今も男達に殴られ続けているのではないか……。

池の畔《ほとり》で未草を眺めていたというのに、美しい風景は消え、目の前には、苦痛に歪《ゆが》んだ瑛介の顔と、男達の下卑た笑いが広がった。小夜は頭痛がしてくるような強い不安に襲われた。

「どうしたの……？」

背後で緋蝶の声がした。

「どうしてここにいるの……？　どうしてお家に入らないの？　どうしたの、小夜ちゃん」

心配顔の緋蝶の声に、堪《こら》えていたものが一気に噴き出した。

小夜は顔を覆って泣き出した。目の前にいるのが彩継なら、我慢に我慢を重ね、決して泣かなかったにちがいない。うまく言い訳することだけを考えたにちがいない。

「どうしたの……？　何があったの？」

小夜は首を振り立てた。

「お家に入りましょう」

また小夜は首を横に振った。

「どうして？　家に入るのがいやなの？　だから、ここにいるの？」

小夜は、また首を振った。

緋蝶は小夜の脇に手をまわして、じっとしていた。

「お養父さまに言わないで……お願い……心配させたくないから……」

小夜はしゃくりながら、そう言った。

「お養父さまには言わないわ。だから、何があったか、お養母さまだけには話してちょうだい」

亡くなった胡蝶の口調に似ていた。やさしかった胡蝶が、小夜の窮状を見かね、緋蝶に乗り移ったのではないかと思えた。

「本当に言わない？　お養父さまに絶対に言わないって約束してくれる？」

「もちろんよ。約束したら守らなくちゃ」

小夜は口をひらこうとした。だが、すんでのところで言葉を呑み込んだ。

緋蝶の顔に影が落ちた。

「私は、まだ小夜ちゃんの母親になりきっていないのね……」

緋蝶の心が、今、とてつもなく孤独なのを、小夜は肌で感じた。

「お養母さま……絶対に、絶対に、お養父さまには言わないで……」

瑛介との約束を破ることには心が痛んだが、目の前の緋蝶の嘆きを思うと無視できない。

それに、瑛介がどうなったか不安でならない。ひとりで耐えるには限界だ。

「瑛介さんが……瑛介さんが死ぬかもしれないの」

薄い口紅を塗った緋蝶の唇が、かすかにひらいた。そして、その目は大きく見ひらかれた。

「どういうことなの？」

小夜は瑛介と会ったことと、そこで起こったことを話した。

ふたたび、なぜ瑛介を見捨てて戻ってきたのだろうと、激しい後悔の念に駆られた。

「瑛介さんが死んだら、私はどうしたらいいの？　愛子小母さまになんと言ったらいいの？　ねえ、お養母さま、どうしたらいいの……瑛介さんは三人もの人に囲まれて……でも、私に逃げろと言ったから……今まで見たこともないような怖い顔で怒ったから……だから、何にも考えることができなくて、必死に戻ってきたの」

また涙が溢れた。空気が薄くなったように感じた。息が苦しくなった。小夜は口をあけ、胸を大きく喘がせた。

「小夜ちゃん、大丈夫よ。大丈夫。瑛介さんのことは、すぐに調べてみるわ」

「瑛介さんといたことを他の人に知られると困るの。瑛介さんと約束したの。誰にも言わないって。お願い、お養父さまに知られたくないの。あちらの家にも」

「今、お養父さまはいないわ。帰りは夜になるの」

彩継がいないとわかると、力が抜けた。なぜ早く言ってくれなかったのだと、恨めしかった。

「大丈夫よ。瑛介さんは元気に家に戻ってるわ。不自然に思われないように電話してみるわ」

緋蝶に腰を抱かれるようにして、小夜は屋敷に入った。

休んでいるようにと言われても、緋蝶の電話が気になる。小夜は不安に押し潰されそうになりながら、祈るような気持ちで、緋蝶が受話器を取るのを見守った。

「留守だわ……」

受話器を耳に押し当てていた緋蝶は、いったん電話を切り、もう一度かけた。

「やっぱり留守みたい……」

小夜を、いっそう大きな不安が取り巻いた。

「大丈夫。お買い物だわ……」

緋蝶は笑みを浮かべたが、小夜を安心させようとしているのがわかった。

「瑛介さんの携帯にかけてもいい？」

「番号を知ってるの？　だったら、それがいちばんじゃないの。どうして、もっと早くかけなかったの？」

こんな切羽詰まった事態だというのに、緋蝶が呆れた顔で小夜を見つめた。

「怖いの……怖いから」

小夜の本心だった。

小夜は携帯電話を持っていない。彩継が持たせようとしない。学校でも、校内での使用は禁止されていた。持たなくても、あまり不都合は感じなかった。

瑛介とも、毎日、連絡を取り合っているわけではない。瑛介への電話は逢瀬の前だ。瑛介の携帯に電話していると悟られないように、学校帰りに公衆電話を使った。家からかけたことは一度もなかった。

めったにかけないものの、しっかりと記憶に刻まれている番号を押すと、コール音がした。小夜の心臓が音を立てた。だが、何度もコール音が鳴っているにも拘わらず、瑛介は出ない。

道に冷たく横たわっている瑛介。携帯だけが虚《むな》しく鳴っている……。

そんな寒々とした光景が浮かんだ。

「出ないの……どうして？　鳴ってるはずなのに出てくれないの……瑛介さん、やっぱり何かあったんだわ……そこに行ってみたいの……ね、お養母さま。確かめたいの」

小夜は、〈童里居夢〉まで行かなければならないと焦った。

「誰もそこを通らないはずがないわ。何かあったら、誰かが」

「いいえ、厄介なことに巻き込まれるのがいやで、見て見ぬ振りをして通り過ぎる人がたくさんいるの。もし瑛介さんが……」

男達に囲まれていた場所に、瑛介が冷たく横たわっている姿を浮かべ、小夜は一刻も早く瑛介の元に行ってやらなければと、玄関に向かおうとした。

「だめ。小夜ちゃんは、お部屋で休んでるのよ。私があちらの家に行ってみるわ。不審を持たれないようにするから。決して瑛介さんと小夜ちゃんがいっしょにいたとは言わないから。

ふたりの約束だもの」

「お養母さまは深谷《ふかや》の家に行って。私は瑛介さんと別れた場所に行ってみるから」

「だめ。ここにいるのよ。電話がかかってくるかもしれないでしょう？　ときどき、携帯にかけてみるといいわ」

やむなく、小夜は緋蝶を見送った。

瑛介の携帯に電話をかけた。虚しすぎるコール音を聞くたびに、小夜は絶望的な気持ちになった。

時間はまたたくまに過ぎていくかと思えば、ときには、苛立つほどゆっくりとしか流れない。楽しい時間はあっという間に過ぎ去るが、苦しいときは時計の針は遅々としか進まない。瑛介に、行け、と強く命じられて駆け出してから、いったいどれほどの時間が経っているのか。たった十分が、今は、気が遠くなるほど長い。地球の回転がふいに遅くなり、世界中の時計の針がゆっくりとしか動かなくなったのではないかと、小夜は本気で考えた。電話の横の時計が故障しているのではないかと、他の部屋の時計まで確かめた。だが、どれも同じ時を刻んでいる。

緋蝶からの連絡もない。

五分から十分おきに瑛介の携帯にかけ続けていると、いきなり大きな音がした。

小夜は驚いて声を上げた。

電話がかかってきただけだ。かけることだけに神経を集中させていた小夜は、かかってくることを想定していなかっただけに、心臓が飛び出しそうになった。

「瑛介ですが」

「えっ？　瑛介さん……？」

さらに動悸が激しくなった。

「ああ、俺だ。小夜が取ってくれてよかった。かけてくれたみたいだな。出られなくて悪かった。マナーにしてたから、気づかなかった。今、ちょっとバイトで手が放せないんだ。あとでこっちからかけるとまずいよな？　明日、電話してくれ。いつでもいいから」

元気な瑛介の声に、今までの心配は何だったのかと、小夜は気が抜けた。

「大丈夫だったのね……？」

「うん？　何を言ってるんだ。じゃあ、悪いな。明日な」

瑛介のバイトは、数人の高校生の家庭教師と言っていた。冷たく横たわっている瑛介を想像していたが、あれから男達とのトラブルを無事に切り抜け、バイト先に行っていたのだとわかり、電話が切れた後、小夜はようやく頬をゆるめた。

「瑛介さんのばか……こんなに心配したのに……」

受話器を胸に抱いて、幸福を噛《か》みしめた。けれど、緋蝶が深谷の家に向かったことを思い出し、落ち着きをなくした。

緋蝶から電話がかかってきたのは、出かけて二時間以上、経ってからだった。

「留守なの……ずっと待ってるけど」

緋蝶は溜息をついた。

「お養母さま、ごめんなさい。瑛介さんから電話がかかってきたの。何でもなかったの。バイト中ですって。私の電話に気づかなかったって。ごめんなさい、心配させてしまって。ごめんなさい……」

小夜は一心に詫びた。

「よかった……そうだったの……もしかしたらって、私も心配になってたの。そう、よかったわ。お養父さまは？」

「まだ」

「そうね、まだ早いもの。すぐに戻るわ。お腹が空いたでしょう？　お寿司でも買って帰るわ」

緋蝶の声も弾んでいた。

こんなことなら、緋蝶に瑛介との逢瀬を話すのではなかったと、小夜は後悔した。瑛介には、ふたりの約束を破ってしまったことを話す勇気がない。それでも、瑛介が無事だとわかり、小夜は甦ったような気がした。

彩継の帰宅は遅かった。

彩継に何も悟られずにすんだことで、最悪の事態にならなかったと、小夜は胸を撫で下ろした。

瑛介を心配していた時間も、緋蝶の前で泣いたことも、何もかもが夢のようだ。

ベッドに入った小夜は、三人の男達に辱められようとする妄想を浮かべた。だが、男達に触れられることには、激しい嫌悪感を感じた。瑛介がやってきて男達を痛めつけ、小夜を連れて逃げた。そして、小夜を裸にして、総身を指や唇で触れていった……。

(いや……そんなに見ないで……)

(そこに触っちゃだめ……そこは……いや)

小夜はショーツに手を入れ、指で花びらを揺すりはじめた。

3

明後日から夏休みだ。

午後の授業もなく、早い時間に帰宅すると、緋蝶は老人ホームにボランティアに出かけて行った。

「ちょっと話がある」

帰宅した小夜に、彩継が硬い表情で言った。いい話ではないとわかる。何の話だろうと、小夜は首をかしげた。瑛介と〈童里居夢〉で会ったのは五日ほど前になる。今さら、その話とは思えなかった。

「あっちで話そう」

彩継は長い廊下を工房のほうに向かっていく。

(あの検査をするんだわ……)

自分の指だけでは得られない快感を、小夜はひそかに待っていることがあった。

彩継は男女の営みを求めようとはしない。だからこそ、瑛介を異性として愛しはじめているにも拘わらず、彩継についていけた。

廊下を歩いていると、動悸がしてきて、躰が少しずつ熱くなってきた。閉じている下腹部をくつろげられ、見つめられ、触れられると思うだけで、躰が反応している。

彩継は手前の工房に入ると鍵をかけ、奥の蔵に小夜を入れた。板戸が閉まった。

「小夜、おまえ、瑛介と会っているな」

思いもしなかった言葉に、小夜は息を呑んだ。

「やっぱりな」

「いいえ、ここかあちらの家以外で会ったことはありません……」

言葉尻が震えた。

「先週、瑛介と会っただろう」

彩継は瑛介を呼び捨てにし、小夜の心の底を射抜くような目を向けた。

「いいえ……いつも学校からまっすぐ戻ってくるのに……お養父さまだってご存じでしょう？　どうしてそんなことを訊くの……？」

彩継に目撃されたのだろうか。しかし、それなら、その日か翌日に問いただされていたはずだ。なぜ、きょうなのかがわからない。

予想外の唐突な質問に狼狽する小夜は、彩継の次の質問が怖かった。

「瑛介は男に腕を刺されて大変だったらしい。知っていたんだろう？　おまえといっしょにいたからだ」

小夜は耳を疑った。そんなはずはない。会った日の夜も翌日も、瑛介の電話の声は元気だった。男達から無事に逃げたはずだ。瑛介も、そう言っていた。

「お養父さま、何をおっしゃってるの……？　瑛介さんが腕を刺された……？　そんな……

いつのこと？　本当？　嘘でしょう？」

もし刺されたというのが事実なら、あの日のことではないはずだ。それなら、それ以後のことかと、瑛介と連絡を取っていない小夜は呆然《ぼうぜん》とした。

「お養父さま、本当？　いつのこと？　瑛介さん、怪我をしてるの？　刺されたなんて……そんな恐ろしいこと……本当なの？」

彩継は小夜を見つめ、これほど上手い芝居ができるはずはないと思った。

「おまえがきっかけで瑛介が刺されたのかと思っていたが、どうやら、嘘ではないようだな」

「どういうこと？　教えて。瑛介さん、大丈夫なの？　いつのこと？　きょう？」

「五日ほど前のことだ。女がいてトラブルになって、三人の男にやられたらしい」

五日前、しかも、三人の男と女という言葉を聞けば、やはり、あの日のこととしか思えない。小夜の総身に汗が滲《にじ》んだ。

「瑛介は深谷の家でも警察でも、通りがかりの女が男に絡まれていたから注意したら刺されたと言っているらしい。女はすぐに逃げて、誰かわからないらしい」

小夜はあの日のことだと確信した。

「女も薄情なものだな。助けた男が刺されたというのに、名乗り出もしないんだからな。まあ、新聞沙汰にならなかったから、逃げた後のことなら知らないのかもしれないがな。それにしても」

小夜は、そんなことになっているとは知らなかった。瑛介の芝居に騙されていた。

「傷は酷《ひど》いの……？」

「少し縫ったらしいが、入院しなくてすんだらしいし、刺されたのは腕だけらしい。しかし、刺されるなんて危険な奴だ」

刺された瑛介が危険なのではなく、男達が危険なのだ。小夜は彩継の、瑛介への冷たい言葉を憎んだ。

彩継の言っていることが事実なら、瑛介はあれから、病院と警察に行き、小夜の電話に出られなかったのだ。あるいは、故意に、出ないつもりだったかもしれない。しかし、何度も執拗にかかってくるので、わずかの時間でも見つけ、ついに瑛介からかけたのかもしれない。

バイト中などと嘘を言って、小夜を安心させたのだ。翌日も同じだった。

だが、瑛介が刺されたというのは、彩継の作り話ではないのか。小夜を試しているのではないのか。話を聞いて衝撃を受けたものの、疑いも芽生えはじめた。

「瑛介さんのこと、お養母さまからも、あちらの父からも聞いてないのに、本当のことなの？」

小夜は彩継のわずかの表情も見逃すまいと思った。

「本当だ。きょう、ついでがあって、深谷の家に行ってみた」

「きょうって、午前中に……？」

「ああ。腕を怪我して包帯を巻いている瑛介が玄関に出てきて、私を見て驚いていた。瑛介は、ちょっと転んだと言った。心配させたくないから、緋蝶や小夜には言わないでくれとも言った。だが、帰りがけ、買い物から戻ってくる愛子さんに会って、瑛介が刺されて大変だったと言われた。話を聞いていて、私は、おまえが瑛介といっしょにいたのではないかと思った。だから、こうして尋ねているんだ」

瑛介が刺された。自分のせいで……。それを隠していた瑛介……。

小夜は涙が出そうになるのを堪えた。

「いっしょにいた女がおまえでないとわかって、ほっとした。しかし、五日前、学校が終わってから、どこに行ったんだ」

彩継は何をどこまで知っているのだろう。彩継に対する恐れと、瑛介への思いが、小夜を混乱させていた。

「私の帰りが遅かった日、どこで寄り道していたんだ」

彩継は小夜がどこにいたのか知らないらしい。寄り道をしていたと誰に聞いたのか。緋蝶以外、小夜の帰宅時間を知っている者はいない。それなら、緋蝶が話したのか……。だが、小夜は緋蝶を信じていた。

（まさか、瑠璃子が……）

小夜ははっとした。

「寄り道なんかしていないわ。お養母さまがご存じよ。お養母さまに訊いて。小夜は、もう十六よ。それなのに、いつもまっすぐに帰ってくるわ。たまに、お店を覗いてウィンドーショッピングを楽しむことぐらいあるけど、他の友達に比べると、私は寄り道しないほうよ。覗いてみたいお店に寄るとしても、ほんの二、三十分よ」

「他の者は他の者だ。おまえは危険だ。美しすぎる。取り返しのつかないことになったら、どうするつもりだ」

彩継のいつもとちがう血走ったような目に、小夜は悪寒がした。

「以前にも言ったはずだ。おまえが登校して戻ってくるまで、私は生きた心地がしない。不安で仕方がないんだ」

彩継は瑠璃子の話が心に引っかかっていた。

昨日、瑠璃子から携帯に電話がかかってきた。こないだ会いたかったのに、お客さまだと小夜に断られ、寄れずに残念だったと言われた。その日、小夜と別れた振りをしてあとをつけると、家とはちがうほうに行った。あとをつけようと思ったが、すぐに見失ってしまったとも言われた。

驚くより、怒りや焦りで、小夜に問いただなくてはと思った。瑛介と会っているのだと、とっさに思った。その前に、深谷の家に顔を出して、ようすを見てみようと思った。ときどき深谷の家に行っているのかもしれない。父親に会うためではなく、瑛介に会うために……。そんな気がした。

今朝、唐突に深谷の家を訪ねてみた。

瑛介が怪我をしていた。転んだと言った瑛介の話には騙されたが、男達に刺されたと言って顔を顰《しか》めた愛子の話で、小夜と会っていたのだと確信した。平静を装って愛子の話は聞いたものの、血圧が上がり、血管がちぎれそうになった。

しかし、小夜はそんな事実を知らなかったという。それは嘘ではないようだ。だが、小夜がいつ、汚らわしい狼どもの餌食になるかわからない。日が経つほどに危険は増してくる。

匂うような女とは、小夜のことをいうのだ。美と気品を兼ね備えた女は、ある程度、歳を重ねると、それなりの男しか寄ってこなくなる。愚かしい男は近づけなくなる。けれど、小夜は若いだけに、身の程を知らぬ狼が寄ってくる危惧《きぐ》がある。若い男は、小夜が、自分とは縁遠い高貴な女だということがわからない。力ずくで何でもできると思ってしまう。そんな危険きわまりない獣達が、外にはうろうろしている。

「小夜のことが、いつもいつも心配でならない。誰かがおまえを汚すぐらいなら、私が」

彩継は息を大きく吸い込んだ。

「私がおまえの最初の男になろう」

彩継は本気だった。

小夜の唇が半びらきになった。

彩継は、ついに口にした重大な言葉に、肩で息をした。

これ以上、不安になるのはまっぴらだ。神経が参る。

小夜のヴァージンは、一年以上、何度も確かめてきた。処女の翳りを抜き、処女の小夜人形も完成させた。せめて二十歳までは処女のままでいさせたいと思ったり、一生、今のままで過ごさせたいとも思った。

だが、そんな甘い夢を見ているわけにはいかない。きょうも、これから何が起こるかわからない。明日はもっと危険だ。

夏休みが始まろうとしている。危険な四十日間だ。蔵に閉じ込めておくべきか、外出のたびに、ぴたりとくっついて行くべきか。しかし、二十四時間、それも、一年中、寄り添っているわけにはいかない。それなら、誰かが小夜に手をつける前に、自分の手で女にするしかない。

小夜の処女を、他の男に、それも、下卑た狼などに奪われてしまう想像をするだけで、小夜の一生だけでなく、彩継の一生まで、台無しにされてしまう気がする。

男としての彩継、美を追求する著名な人形作家としての彩継、小夜の養父となった彩継、そのすべてが台無しになる。生きていくことが虚しくなる。自分の庇護《ひご》すべき宝が、先に他人に汚されては、屍《しかばね》のように生きていくしかないのだ。

「小夜、おまえが大切だから、おまえが汚されないように、私はおまえを」

「いや！」

きっぱりした拒絶の言葉が広がった。

「おまえを他の汚れた獣どもに汚されるわけにはいかない。人生を悔いながら生きるのは地獄だ」

「いやいやいや！」

細い首をちぎれそうなほど振り立てた小夜は、苦しそうな息をして端整な顔を歪めている。

彩継の肉茎が疼いた。

小夜は、妻である緋蝶の姪《めい》だった。だが、思いもかけず、我が子になった。けれど、今となっては、そんな関係など、どうでもいい。この世に存在する生き物の中で、もっとも尊ぶべきもの、もっとも美しいもの。神の創造したものの中で、もっとも完成された美の結集。それが小夜だ。

日本だけでなく、世界でも注目される生き人形作家となった彩継が、さらに芸術の頂点を極めるためになすべきことは、この美の結集を汚されることがないように保護し、最悪の状態も想定し、手遅れにならないうちに、自分と一体化することだ。

それは、単なる男女の結合ではなく、世の中に認められた芸術家と、存在しているだけで芸術に値する小夜という美との結合だ。肉と肉の契りではなく、至高の美である小夜と、それを創り出す芸術家が一体となる、神聖な儀式なのだ。

「小夜、おまえは私だけの宝ではなく、この世の宝なのだ。私とおまえは人間などという概念を超えて、崇高な美のために生きなければならないんだ。小夜人形を完成させたときのように、これは、儀式だ。神聖な儀式だ。怖がらなくていい。たった一度だけしか行うことができない儀式だ。女として、一度は経験しなければならないことだ。処女のまま、一生を過ごすことができるならいいが、野獣どもが蠢《うごめ》いているこんな危険な世界では、おまえが処女のまま、無事に生き延びられるとは思えない。だから私が」

「いやっ！」

思ってもみない展開に、小夜は後じさった。蔵の板戸は閉められている。彩継と全力で争ったとしても、女の力は知れている。板戸を開けて逃げるのは不可能だ。

彩継がその気になったからには、犯されるしかない。しかし、瑛介が自分を守るために、あれから腕を刺されていたという衝撃的な事実がわかった以上、自分を守ろうとした瑛介のためにも、彩継に抱かれるわけにはいかない。

瑛介は兄以上の存在だ。刺された事実を知ってから、今までとは比べられないほどの思慕が湧いている。瑛介の愛の深さが伝わってくる。どんなことがあっても、彩継に抱かれるわけにはいかない。

小夜を守ろうとしているのは、瑛介だけではない。緋蝶も同じだ。深谷の家まで駆けつけて、いつまでも留守宅で家人の帰りを待っていた緋蝶。小夜を咎《とが》めることもなく、愚痴を言うこともなく、瑛介の無事を、心底、喜んでいた。緋蝶は彩継の妻だ。小夜の養母だ。緋蝶を裏切るわけにもいかない。

「小夜……」

おとなしく小夜が従うはずがないとわかるだけに、彩継は赤い縄を手に取った。今さら、後戻りはできない。たった今、実行しなくては、明日になって、一生後悔する事態が起こるかもしれない。一歩、屋敷の外に出たら、小夜は獣の中に放された、か弱い子羊でしかない。

「来ないで！」

小夜は恐怖に足が震えた。髪が逆立ちそうだ。

「儀式だ……神聖なふたりだけの」

彩継は作務衣《さむえ》の下の肉茎をひくつかせながら、故意にゆっくりと近づいた。

「死にます！　お養父さまが私に触れたら、その瞬間、舌を噛みます。思い切り噛んで死にます！　舌を噛んだら死ねるんでしょう？　本当に死にます」

小夜はテレビのドラマで、そんな場面を見たことがあった。今の自分を守るには、それしかない。彩継が小夜の死を黙認するはずはない。だからこそ、死を口にして守るしかない。

それでも彩継が自由にしようとしたら、死ねるか死ねないかわからないが、思い切り、舌を噛んでみるしかない。それで死んでしまうとしても、生きて彩継に抱かれるよりいい。自分のために傷を負い、それさえ隠していた瑛介の愛にこたえるには、彩継に抱かれるわけにはいかない。

「死にます！　お養父さま、今までありがとう。お養父さまが好きでした。お養母さまも好きでした。私が死んだら、お養母さまが哀しむかもしれないけど、仕方がないの。私は死んだお母さまのところに行きます。お母さまが待っていてくれるから、死ぬことなんか怖くないの」

小夜は脅しではなく、死ぬことを覚悟した。彼岸に胡蝶がいると思うと、死への恐怖はなく、懐かしい人のところへ行くのだと、不思議と、やさしい思いがこみ上げてきた。

「さよなら……お養父さま……小夜は死にます」

「待て！」

彩継は小夜が本気で死ぬつもりでいると悟り、赤い縄を床に落とした。

「待て。何もしない。だから死なないでくれ。おまえが死んだら、私も、すぐに死ぬ……私も、ここで死ぬ……」

小夜は動揺した。彩継が死ぬことなど考えてもいなかった。なぜ、彩継まで死ななければならないのだろう。

「小夜、私が憎いか……死ぬほど憎いのか」

振り絞るような彩継の声は、暗い地の底から響いてくるように重々しかった。

小夜はゆっくりと首を振った。

「私が触れたら死ぬんだろう？　私に触れられるくらいなら、死んだほうがましだというんだな」

これほど苦痛に満ちた彩継の顔を見るのは初めてだ。小夜は、また、ゆっくりと首を振った。

「なぜ死ぬと言った……脅しじゃないんだろう？」

「私の大切なお養父さまだから……お養父さまは、お養母さまと夫婦だから……私は、お養母さまが好き……お養父さまも好き……だから……だから、だめ。今まで以上のことはだめ……お養父さまに、女にしてもらうわけにはいかないの……」

赤い縄を握られたとき、小夜は、彩継に恐怖しか感じなかった。けれど、今の彩継は、ただ哀れなだけの男だ。心底、哀しんでいる。救いの手を差し伸べなければ壊れてしまいそうなほど、無力に見える。

どんなことがあっても、彩継には従うことしかできないと思っていた。小夜が上位に立つことなどあり得ないと思っていた。だが、今の彩継は、小夜に跪《ひざまず》いているようにさえ見える。

「今まで以上のことは……そう言ったな……今までのようなことならいいんだな？　そこを見て、そこに触って、そこに唇をつけてもいいんだな……？」

小夜は頷いた。

それさえ拒絶すれば、嘆きのあまり、彩継は死んでしまうのではないか……。

安堵したのもつかの間、新たな恐怖が芽生えた。自分が死ぬより、彩継が、たった今、死んでしまうことのほうが恐ろしかった。

「おまえを死なせはしない……おまえに命を絶たせるようなことはしない……おまえが死んだら、私は生きていけなくなるんだ。死ぬときはいっしょだ……おまえだけを死なせはしない。おまえが死んだら、私も死ぬ」

小夜にも、彩継が本気で言っているのがわかった。

「おまえの躰を見せてくれ……今までどおり……今までどおりだ……それ以上のことはしない」

「それ以上のことをされたら……小夜は、いつでも死にます……くくりつけられて舌を嚙めないように……そんなことをされたとしても、後で死にます……いつでも死ねるから……」

小夜はそう言って、服を脱いでいった。今までとちがい、彩継との立場が逆転したような、不思議な感覚があった。

決して小夜が彩継に君臨しているのではない。覚悟の死を口にしたものの、今までと同じつもりだ。だが、彩継は勢いをそがれ、逆に、救いを求めるような弱者の目をしている。

小夜は一糸まとわぬ躰を彩継に向けた。

彩継は、去年の春とは微妙にちがう肉付きの小夜の総身を見つめた。いっそう輝いてきた白い肢体は、神々しい。みずみずしい生命を宿した細胞の集まりだ。どの細胞も、人とはちがう特別のものでできた神の最高の創造物だ。

「小夜……どうして、おまえはこんなに美しい……どうして私を苦しめる……どうして私の前に現れた……」

小夜の前に立った彩継は、小夜を抱き締めると、そのまま跪き、鳩尾《みぞおち》のあたりに頬をすりつけた。

それから、膝を完全に折り、自分の顔の高さとほぼ同じになった翳りに鼻をつけ、顔を左右に動かして愛撫した。肉のマンジュウを舌で左右に分かち、花びらを辿った。

「あう……お養父さま……」

敏感な女の器官を辿りはじめた生あたたかい舌の感触に、小夜は声を上げた。倒れそうになり、彩継の肩に両手を置いた。

彩継の鼻からこぼれる熱い息が肌をくすぐっている。舌は花びらをこね、肉のマメを押さえ、処女膜の付近をまさぐる。

指が後ろにまわり、排泄器官の周辺を撫でまわしはじめた。

「あう……後ろはいや」

前と後ろを微妙なタッチで責められていると、頭が朦朧《もうろう》としてくる。羞恥が遠のき、自由にしてと言いたくなる。

ぬめついた女の器官を動きまわっている舌はやさしい。排泄器官を撫でまわしていた指は、徐々に中心に向かい、やがて、後ろのすぼまりにするりと沈んでいった。

「あうっ……いや」

小夜の躰が熱くなった。

やがて、小夜の唇から、悦楽の声が放たれた。

第三章　口戯

1

朝が待ち遠しかった。

昨夜のうちに瑛介に電話したかったが、瑛介にかけているのを彩継に知られるのを危惧して、朝を待った。彩継がいる限り、工房の子機をこっそりと部屋に持ち込むのも危険だ。不自然に思われないように、いつもより十五分だけ早く家を出た。そして、いちばん近い電話ボックスに飛び込んだ。

「何だ、どうした、まだ寝てたんだぞ」

「じゃあ、自分の部屋なのね？　少し話せるのね？」

「ああ、どうした」

何ごともなかったような、いつもの声だ。

「どうして隠してたの？　どうしてあの日、刺されたと言ってくれなかったの？」

「はあ？　どういうことだ？」

逆に瑛介に訊かれ、小夜は、やはり彩継の作り話だったのかと思った。

「お養父さまに聞いたの。瑛介さんの腕の包帯を見たって」

「ああ、そのことか。転んで怪我したんだ。ドジだろ？　だけど、どうしてそんな話になったんだ。おかしなこともあるもんだな」

瑛介は役者だろうか。それとも、本当のことを言っているだけだろうか。小夜は、またわからなくなった。

「お養父さまが瑛介さんのお母さまに、刺されたと言われたらしいわ。あの日、三人の男に囲まれた女性を助けようとして刺されたけど、女性は通りすがりの人で逃げてしまって、誰かわからないって」

「チッ、お袋の奴、バカだな。小父さんに、そんなことをしゃべったのか」

「やっぱり、刺されたというのは本当なのね……私を庇ったのね。あの日の電話になかなか出なかったのは、病院か警察にいたからなのね。それなのに、バイト中だなんて……」

瑛介が刺されたという事実がはっきりすると、鼻孔が熱くなった。そんな目に遭っていながら、瑛介は事実を隠し続けていたのだ。

「学校に遅れるんじゃないか？　まだ夏休みになってなかったよな？」

瑛介は何ごともなかったように話を変えた。

腕は元どおり動くのか。男達はどうなったのか……。

訊きたいことは山ほどあるが時間がない。

「会いたいの……きょう、会いたいの」

十日後の逢瀬までが長すぎる。小夜はすがるように言った。

「部屋に入れてくれるのか」

小夜は喉を鳴らした。

「入れてくれるなら、きょう会おう。いやなら、いつものとおりだ。あと十日もしたら会えるんだし、元々、約束はそうだった」

いつもなら、毎日でも会いたいと言うくせに、こんなときに限って、瑛介は意地の悪いことを口にした。

「お部屋はだめよ……他のところで」

「だめだ。小夜の部屋でなら会う」

小夜はまた溜まった唾液《だえき》を呑み込んだ。

「学校に遅れるぞ。切るぞ。それとも、休むか？　休んでこれから会うか？　だったら、小夜の部屋でなくてもいい」

「学校が終わってから……きょうは終業式なのよ。休めるはずがないでしょう?」

「そうか、終業式だな。だったら、小夜の部屋でだな」

「いいえ……外で。午前中で終わるのよ」

「外でしか会えないなら、また十日後ってことだな。わかった」

瑛介はこんなにも冷たい男だったかと、小夜は受話器を握り締めた。だが、小夜を男達から逃がすために腕を刺されたのも事実だ。冷たい男のはずがなかった。

「お養父さま達に知られたらどうするの……? 無理よ……私の部屋には、窓から入って来られないのよ。瑛介さん、いつか、そう言ったじゃないの。わかっているはずよ」

「別の部屋から入れるじゃないか。あとは小夜の部屋に向かうだけだ」

「そんな……見つかってしまうわ」

「小父さん達は別の部屋で休むんだ。小父さん達が寝室に入って休んだら、部屋の明かりを三度、消してつけろ。そして、玄関を開けるんだ。小夜の部屋の近くに隠れて合図を待っている。いいな、今夜だ」

電話が切れた。

とてつもない不安に包まれた。

学校に着くと、明日から夏休みが始まるだけに、誰もが、のんびりとした顔をしている。

先に着いていた瑠璃子がやってきた。

「いよいよ夏休み、嬉しいな。四十日もあるんだから、オジサマに、うんと人形について教えてもらいたいな」

「またデパートで個展があるし、フランスからも招待されているし、忙しいかもしれないわ」

「フランス？　凄い！　ついて行きたいな。小夜も行くの？」

「ひとりで行くと思うわ。お養母さまとふたりで行くはずがないし、行こうと言われていないから……」

彩継が小夜をひとりだけ、屋敷に残すはずがない。小夜を他の男に触れさせたくないと思っている以上、常に監視の目を光らせているだろう。小夜の父親になったというのに、自分の手で女にしようとした。小夜が死を口にしなかったら、今ごろ、彩継に処女を奪われていたはずだ。

しかし、彩継は本当に小夜を女にするつもりだったのだろうか。昨日のできごとを夢にしてしまいたい気持ちがあった。

「小夜ったら！　また聞いてなかったのね……彼氏のことでも考えてるんでしょ？」

瑠璃子が苛立った口調で言った。

「えっ……？」

「小夜は最近、嘘つきになったし、友達だと思ってたのに」

瑠璃子が非難した。

彼氏という言葉や、嘘つきという言葉を聞いて、小夜は動悸がした。

「どういうこと……？」

「こないだ、オジサマにお客さまがあると言ったのに、嘘だったじゃない。どこに寄り道したの？」

やはり、彩継に告げ口したのは瑠璃子だったとわかり、小夜は裏切られた気がした。

「いつ、お養父さまと話したの？」

今度は瑠璃子がハッとした。

「私のことを、いろいろ話してるのね？」

「そうじゃないわ……」

瑠璃子の戸惑いが大きいだけ、裏切られた気持ちも大きくなる。

「小夜に電話したけどオジサマが出て……それでちょっと話していて……そしたら、お客さまなんか来なかったのがわかっただけ……」

苦しい言い訳だ。

「私に電話したことなんか言わなかったじゃない。いつのこと?」

「忘れてただけ……先週の……いつだったかな……」

「私が寄り道したってどういうこと?」

「だから、その日、どこかに行ったんでしょう……?」

「すぐに帰ったわ。あの日のことは、お養母さまも、よくご存じよ。さっき、彼氏のことでも考えてるんでしょうって言ったけど、どういうこと……?」

いつしか小夜のほうが、完全に優位に立っていた。それでも、瑛介と会っているのを瑠璃子が知っているかどうかわからないだけ、返ってくる言葉が不安だった。返事によってはまた立場が逆転する。

「小夜はもてるはずだし、彼がいないのはおかしいから……」

瑠璃子の言葉には、さほど力がなかった。瑛介とのことは知らないのだと直感した。

「それだけで彼がいると思ったの? 私が誰かといっしょにいたことがある?」

「ないけど……私、いつも小夜といっしょにいるわけじゃないし」

「瑠璃子は、お養父さまと、ときどき電話で話してるの?」

瑠璃子は、すぐに否定した。だが、胸が喘いだ。それでも小夜は、瑠璃子と彩継が深い関係になっていることなど、想像することもできなかった。

2

彩継は個展に向けて、工房にこもって仕事をする日が多くなっている。

「今夜は、お養父さまのお手伝いだわ……」

夕飯のとき、緋蝶がさりげなく言った。

「少し慌てないといけないようだからな」

彩継が続けた。

「無理しないでね。夏休みになったら、私にも、少しはお人形のこと、教えてね。そしたら、いつか、お手伝いできるようになるかもしれないわ」

彩継を喜ばせたいと、小夜はわざわざ口にした。

昨夜、小夜の処女を奪えなかっただけに、今朝の彩継は元気がないように見えた。彩継の行為を拒絶したのは当然だと思いながらも、心の痛みは感じていた。

「私も、たいしたお手伝いなんかできないのよ……」

緋蝶が遠慮がちに言った。

小夜人形の完成のために翳りを抜かれたこともあり、小夜は今になって、緋蝶も人形の完成のために、ときには同じことをされているのではないかと思った。

すると、胡蝶人形の隠れた部分はどうなっているのかと、かつて考えたこともないことが、次々と疑問となって浮かんできた。そして、いつか胡蝶人形の隠れた部分を覗き見たいという、強い気持ちに衝《つ》き動かされていた。

「これから、すぐにお仕事なの？」

「腹一杯のときは頭がボーッとなって、指先の動きもよくない。食後の休憩をしてからだ。小夜は明日から夏休みで、気楽でいいな」

「成績もよかったし、少しゆっくり過ごすといいわ。小夜ちゃんは、どこの大学でも大丈夫ね」

「そんなことはないわ。難しいところはいくらでもあるわ」

「他の大学なんて受けなくていい。お養母さんが言ったように、ゆったり過ごせばいいんだ。このまま、今の高校から大学に移ればいい」

「公立のほうが安いし、国立を受けてみてもいいと思っているの」

小夜は瑛介を脳裏に浮かべた。すでに、瑛介と同じ大学に行くことを念頭に置いている。

「金のことなんか心配するんじゃない。うちはどんなに高い学費の大学でも大丈夫だ。女子大だぞ。共学で変な男がいたら大変だからな」

「あなたったら、またそんなこと……」

緋蝶が呆れている。

「さて、庭でも散歩してくるか。腹ごなしをしてから仕事だ」

これから仕事と匂わせている彩継だが、今夜、緋蝶と蔵の中で愛し合うのかもしれない。そうなると、瑛介が忍んできても大丈夫だろうか。しかし、小夜は落ち着かなかった。

「小夜、散歩するか？」

彩継に誘われ、小夜は外に出た。

七時を過ぎているのに熱気がこもっている。だが、樹木の多い場所や池のあたりは、わずかに気温が低い。庭の所々に常夜灯が灯っている。

「小夜、今夜、工房の入口の鍵はかけないでおく」

彩継の言葉の意味が、すぐにわからなかった。

「去年のように、蔵を覗きたければ覗くがいい」

小夜は彩継の言葉の意味を知り、動悸がした。

彩継は小夜の顔を見つめ、意味ありげに唇をゆるめた。

小夜に跪いて力無く縋《すが》っていたような昨夜の彩継とも、今朝の口数が少なかった彩継ともちがい、いつもの彩継に戻っている。

「私……覗いたりしないわ」

そう言ったものの、彩継が今夜、人形制作のためではなく、アブノーマルな夫婦の営みのために蔵に入るとわかり、瑛介が来なければ、覗かずにはいられないだろうと思った。

大人の世界をもっと知りたい。男女の行為を考えると、総身が熱くなる。まだ目覚めていない自分の中の妖しい生き物が、ゆっくりと動き出すような気がする。もしかして、その生き物は、すでに動きはじめているのかもしれなかった。

「ふたりとも朝まで蔵にいるだろう」

彩継は、また意味ありげな笑みを浮かべた。

「きょうは少し疲れているの……私、すぐに休みます……」

「そうか。寝ようが起きていようが、おまえの自由だからな」

彩継は、小夜の覗きを確信しているように言った。

「小夜は夏休みでのんびりになるのに、私はますます忙しくなる」

「瑠璃子が、夏休みはお養父さまに、うんとお人形のことを習いたいと言ったから、個展やフランス行きで忙しいとは言っておいたわ」

小夜は瑠璃子の名前を出して、大きく息を吸った。

「瑠璃子は、ときどき電話をかけてくるの？　瑠璃子が、お養父さまと電話で話していたなんて知らなかったわ。お養父さまも何も言ってくれなかったし」

瑠璃子が小夜の知らないところで、彩継に密告しているとしたら許せない。今回だけ、たまたまそんなことになったのか、以前からだったのかわからない。けれど、少なくとも今回は、瑛介と二度と会えなくなるかもしれない危険を孕《はら》んでいた。もし彩継が、友達を使ってまで小夜を監視しているとしたら、その行為も許せなかった。

「瑠璃ちゃんが、そんなことを言ったのか。小夜に電話がかかってくるとき、私が先に取ることはあっても、たいした話はしないがな。私にかかってくるときは人形のことだ。さてと、戻るか」

彩継はさらりと瑠璃子の話題をかわした。

「私、もう少し散歩していい？　あと十分ほど。椿の季節もいいけど、このお庭の夏の匂いも好き」

瑛介がこの庭に忍んでくると思うと、不安ばかりがつのる。こんな早い時間からやってくるとは思えないが、周囲が気になった。

「暗いところには行くなよ。あまり長い時間はだめだぞ」

彩継は屋敷に引き返した。

その背中を見送った小夜は、初めて瑛介に口づけを受けた小夜侘助《わびすけ》があるほうに向かおうとした。真夏だというのに、雪の日の記憶が甦ってくる。

「小夜」

ようやく聞き取れるほどの呼び声がした。

瑛介の声だ。だが、空耳だと思った。

「小夜」

ふたたび呼び声がした。

椿の茂みの横で、黒い影が動いた。

「どうして……」

「来るって言っただろ。約束だもんな」

「まだこんな時間なのよ……」

心臓が激しい音をたてている。

「夜中まで待てるわけないだろう？」

「何時間も待つつもりだったの？」

「ああ、何時間どころか、何日待ってもいい」

「瑛介さんの嘘つき……怪我をしたことを隠すなんて」

小夜は瑛介の顔がやっと見分けられるほど暗い木陰で、右腕を凝視した。真夏だというのに、瑛介らしくない長袖の黒いTシャツを着ている。刺されたところがどうなっているか、わからなかった。

「怪我というほどのものじゃないから言わなかっただけだ。それより、小夜のことが警察や家に知られたらやばいと、ヒヤヒヤしてた。知られなくてホッとした。捕まった男も、知らない女だとしか言わなかったらしい。制服を着てたから、学校の名前でも言われたらおしまいかと思った。案外、あいつら、どこの学校の制服か知らなかったのかもしれない。有名なお嬢さま学校なのにな。不幸中の幸いだった」

「あの人達、捕まったのね」

「まず、ひとり捕まって、ふたり逃げて、でも、あとで逃げた奴の名前もわかったようだ。通りすがりの人が機転を利かせてくれて助かった」

外資系の会社に勤めるふたりが、警察だ、と叫んでくれたおかげで、男達は逃げ出したのだ。あの声がなかったら、もう一カ所、刺されていたかもしれない。そして、命取りになっていた可能性もある。

「きょうは思ったより早めに小夜の部屋に行けそうだな」

「どうして……？」

「小父さんが意味深なことを言ってた。朝まで小母さんと蔵にいるとか」

小夜の喉がコクッと鳴った。

「蔵は仕事場と言ってたな。仕事か？　だけど、おかしなことを言ってたな。覗いていいと」

「だから……お人形を創るところを……」

気温とは別に、体温が上昇していった。

「朝まで蔵の中なら、俺は小夜とゆっくりいられるってことだ。神様が俺達に味方してくれてるんだ」

蔵のことから話が移って安堵するまもなかった。

「朝になる前に出て行って……早起きのお養母さまが、ときどき私の様子を見に、そっと部屋のドアを開けることがあるの。私は心配をかけないように、熟睡してる振りをするの。お養母さまが掃除もしてくれるわ。隠れるところはないの。ね、約束して。一、二時間で帰るって」

彩継がときどき部屋に入ってきて、恥ずかしい検査をするのだとは、口が裂けても言えない。

「一、二時間？　小父さんは朝まで蔵にいると言ったぞ。それは納得できないな」

「そんなこと言うなら……お部屋には入れられないわ」

いっしょにいたい気持ちは強い。小夜から初めて、会いたいと瑛介に言った。しかし、これからの行動は、あまりに危険だ。

「入れてくれないなら、堂々と訪ねていく。訪ねてもおかしくはない時間だからな」

また瑛介は、小夜を困らせるようなことを口にした。

「明るくなる前に帰って。それだけは約束して……」

「明日から夏休みになるんだ。その間に、他のところでゆっくり会おう。四十日間、ここにこもっているわけじゃないだろう？　それを約束してくれたら」

瑛介は小夜が断れないのを承知で、次の約束をしようとする。今朝、小夜は、下校時に会いたいと言ったのだ。それを、とうとう部屋で会うことにしてしまった。瑛介の交渉は巧みだ。

「わかったわ……」

小夜はそう言うしかなかった。

瑛介を庭に残して玄関に入ると、紅茶の香りが漂っていた。

緋蝶が彩継に紅茶を出していた。

「おう、ちょうどよかった。まだ戻ってこないなら、呼びに行こうかと思っていた」

小夜はひやりとした。

「夏は眠くなるわ。外にいたら空気が生あたたかくて、とっても眠くなって、それで、慌てて戻ってきたの……こんな時間から眠くなるなんて」

頭の芯が覚めきっているが、小夜は意識して、そう言った。だが、彩継は小夜の嘘に気づいている。小夜は、そう確信していた。

「夏は眠くなるものよ。すぐに休むといいわ」

彩継から今夜のことを聞いた緋蝶は、小夜を早く眠らせたいのだとわかる。

「お風呂に入ったら、すぐに眠ってしまいそう。ここは静かだし、よく眠れるの」

小夜は緋蝶が安心するように、すぐにでも眠るのだと強調した。

「お養父さま、お仕事があるなら、してちょうだい……」

「もう少し話でもしていようと思ったが、小夜が眠いのなら、さっさと仕事を始めるか」

「まだこんな時間よ……」

緋蝶の戸惑いが小夜にもわかった。それだけに、赤いいましめをされた緋蝶が脳裏に甦り、心が騒いだ。

「早く始めて、早く終わらせた方がいい。根をつめてやっているから疲れる。スケジュールがハードすぎるかもしれないな。しかし、創るしかない。創りかけの人形も、早く仕上げてくれと誘っている」

紅茶を飲み終えた小夜は、先に風呂に入った。

椿屋敷の住人になって一年半余りだが、小夜には、もっと長い月日が経ったように思えた。何も知らない子供だったというのに、瑠璃子と知り合い、大人の世界を垣間見ただけでなく、彩継から恥ずかしいことをされるようになり、その快感にどっぷりと浸《つ》かっている。禁断の時間を、今さら断ち切る勇気はない。痺《しび》れるような悦楽を覚えてしまった。

そのくせ、今から瑛介に会おうとしている。彩継を求めるときは指や唇などの躰の一部を求め、瑛介にはすべてを求めているのだろうか。しかし、小夜はそれさえ、自分の感情でありながら、はっきりとは分析できなかった。

浴室の鏡に映った躰は、ここに来る前とは明らかにちがう。ほっそりした総身に変わりはないが、全体の雰囲気がちがう。

顔つきまで変わってきた。きれいだと言われることはよくあったが、自分ではそれほど意識したことはなかった。それが、今、鏡に映っている自分を、小夜は美しくなったと素直に感じた。緋蝶のような大人の女の美しさはないが、少女からは完全に抜け出した、まだ羽の濡《ぬ》れている羽化したばかりの蝶……。

実家の庭で見た揚羽蝶《あげはちょう》の旅立ちの瞬間を思い出した。けれど、まだ大人へと続くトンネルは抜けていない。男を知らないままの処女でとどまっている。

鏡を見つめた後、いつもより丁寧に躰を洗った。花びらのあわいも指で辿った。すでに瑛介に下腹部を見られているものの、秘密の部分までは見られていない。今夜はすべてを見られてしまうかもしれないという予感がある。だが、彩継の処女検査が続く以上、容易に抱かれるわけにはいかない。瑛介なら、小夜がいやがることを強引にするはずはないという信頼があった。

翳りは完全に生えそろっている。だが、そうなると、なぜ翳りがなかったか訊かれるのではないかと、かえって不安になった。月に二度の逢瀬のときも一切そのことは訊かれなかった。だが、今夜はどうか……。

不安が増すと、瑛介に生まれたままの姿を見せるわけにはいかないと思うようになった。

3

彩継と緋蝶が工房に消えると、屋敷の静かさがいつもより際だった。ときの流れが、ふいに遅くなった。

こんな早い時間に、ふたりが工房に消えたことはない。彩継は気持ちしだいで、一日中、工房に入っていることもある。勤め人とちがい、時間は一切関係ない。ただ、できるだけ、朝食と夕食は三人揃って摂ろうとしているのはわかる。だが、ときには工房に入ったままのときや、疲れからか、熟睡して姿を見せないこともあった。

瑛介が外で待っている。合図を見逃すまいと、部屋を見つめているだろう。気になる。けれど、いざ、家に入れることを考えると、臆病になる。彩継は途中で蔵から出てこないだろうか。瑛介といる部屋に入ってこないだろうか。

彩継達が工房に消えてしまってからも、小夜は瑛介を呼ぶ合図ができなかった。時計の動きは緩慢になっていくだけだ。それだけ、精神もおかしくなりそうだ。

小夜は瑛介に合図を送る前に、工房に向かった。ふたりが行為の最中なら、それを放って彩継が出てくることはないだろう。瑛介を部屋に入れることができるかどうかを決めるためにも、蔵のようすを覗いてみるしかない。

工房の鍵は開いていた。小夜は彩継の言葉どおりだったことで、かえって動揺した。

照明をやや落としてある工房に入り、奥の蔵に近づいた。分厚い観音扉はいつも開いている。その先の板戸の施錠はされておらず、わずかな隙間《すきま》から中を覗き見ることができた。

小夜は緋蝶を見るなり荒い息を吐いた。

緋蝶は濃い紫の長襦袢《ながじゅばん》を着ている。初めてみる長襦袢だ。質のいい絹地のようで、遠目にも柔らかい布の光沢がわかる。

緋蝶は両手を上げて、手首をいましめられ、梁《はり》に伸びた赤いロープで吊されていた。足指は辛うじて床に着いている。袖が肩のほうにまくれ、剝《む》き出しになった白い腕が、やけに生々しく女を主張していた。

伊達締めを締めているので、前身頃の乱れはない。それだけに、やはり、あらわになった二の腕が生々しく映る。

「こんな時間から……あなた、かんにん……小夜ちゃんが」

小夜は自分の名前が緋蝶の口から出たことで、思わず身を屈《かが》めた。だが、また覗かずにはいられなかった。

「小夜は眠いと言っていたじゃないか。今ごろ、夢の中だ。明日から夏休みでリラックスしているんだ」

彩継が小夜のほうに顔を向けた。小夜は溜まった唾液を呑み込んだ。彩継からは、小夜が覗いているのはわからないだろう。だが、彩継は、小夜が覗いていると確信しているのだ。

「今夜はじっくり楽しもう。小夜はこんなに早く寝てしまったら、それだけ早く目が覚めるかもしれない。トイレぐらいに立ったとしても、まさか、ここには来ないだろう。たとえやってきても、工房には入れないがな」

緋蝶は工房の鍵が外されているのを知らされていないようだ。彩継は、あくまでも小夜にだけ、秘密の時間を暴露するつもりだ。緋蝶だけが何も知らずにいる。

「おまえには紅も似合うが、紫も似合う。処女のような真っ白い色もいい。処女だったおまえが、今ではこんなことをされて濡れるんだ。いったん欲望に火がついたら、女の躰には限りがない。いつも、どんな新しいことをしてもらえるかと、ゾクゾクしているんだろう？何がいちばん気に入ってるんだ。うん？」

彩継は緋蝶の長襦袢の裾に手を入れ、秘園に触れた。緋蝶は短い声を洩らしながら総身をねじった。

「見ろ。始まったばかりなのに、おまえのオ××コは、こんなに濡れてるぞ」

彩継の中指の先が銀色に輝いている。彩継は指先を口に含んだ。

「いや……」

緋蝶が顔をそむけた。

初めてこの蔵を覗いたときのように、小夜は足が動かなかった。小夜にとっては未知でしかない禁断の時間が始まったのだ。これから何が起こるのか。彩継は緋蝶をどうしようというのか……。

最後まで見たいという欲求が渦巻いている。足が動かないのではなく、動きたくないという心の声が躰を拘束しているのかもしれなかった。

ふたたび紫の裾に手を入れ、蜜をたっぷりと指先につけた彩継は、それを、緋蝶の閉じた唇のあわいに強引に押し込んだ。

「美味いか。いやらしいオツユの味はどうだ。小夜もいつか、他の男によって、こんなことをされるかもしれないと考えると、私はおかしくなる。小夜は誰にも渡さない。いいか、小夜に近づく男に気をつけろ。私が気に入った男にしか小夜は渡せない。私の目は厳しいぞ」

彩継が緋蝶にそんなことを口にするとは思わなかっただけに、小夜は動揺した。

「いいか、小夜を守ってやる義務がある。おかしなことに気づいたら、すぐに私に言うんだ」

彩継の手は、緋蝶の懐を大きく左右に割った。餅のような椀型の乳房がまろび出た。

「わかったな、緋蝶。小夜をよく見ておくんだ。十六になったばかりと思っていたが、半年もすれば十七歳。危険な年ごろだ。十八、十九、二十歳と成長していく小夜を思うと、楽しみより不安が大きい。おまえもそうだろう？」

すでにしこり勃《た》っている乳首を、彩継は指の腹で揉みしだいた。

「くっ……小夜ちゃんは娘です……小夜ちゃんには触れないで」

小夜は緋蝶の言葉に動揺した。

「娘に触れると思うのか」

彩継がゆったりと訊いた。

「そんな……そんなこと……ただ」

「ただ、何だ」

「男の友達のひとりぐらいできてもいい年ごろです……あまり、干渉なさらないで。あの子のためにも。ヒッ！」

乳首を抓《つね》られ、緋蝶が声を上げた。

「いいか、二度とそんなことを言うな。小夜に近づく男は危険だ。あの瑛介でさえもな。どんな男も今は危険だ。小夜に近づける男は、とびきり上等の奴だけだ。果たして、そういう男がいるかどうか、心許ないがな」

彩継は緋蝶を見つめて乳首を揉みしだきながら、片手は裾に入れて秘園をいじりはじめた。

緋蝶の唇の狭間から、喘ぎが洩れはじめた。

「今夜は何で責めてやろうか。指や口だけじゃもの足りまい？　私のムスコは最後の最後だ。ありったけのオモチャも使うか。そうだ、いいものがある。いやらしいソコに入れてやろう」

彩継は芋茎《ずいき》に似た乾燥植物を出すと、にやりとした。

「これは強烈だぞ。おまえのジュースを吸うほどにふくらんで、そこら中がむず痒《がゆ》くなる。尻の穴までな。さあ、オ××コにじっくり咥《くわ》え込んで楽しむんだな」

「いやっ！　いや！」

緋蝶は破廉恥なものを入れられまいと、腰を振りたくった。だが、両手を上げて吊されている以上、逃げることはできない。裾から入った彩継の手は、力ずくで太腿をこじ開け、たっぷりと濡れている女壺に、卑猥な植物をなんなく押し込んだ。

「今夜は狂ったように発情するぞ。蔵の外までおまえの恥ずかしい声が聞こえるかもしれない。小夜に見せてやりたいものだ。上品な顔をしたおまえが、こうして肉をなぶられるとどんなになるかをな」

「いやいやいや。そんなこと、言わないで。小夜ちゃんがいるときはしないで。昼間だって、いくらでも時間が……」

「昼間っから、こんなことをしたいということか。いやらしい奴だ。いいぞ。昼でも朝でもかまわない。明日から小夜は夏休みだ。一日中、ここにいる。だから、朝からしたいと言っているのか。それなら、たいした奴だ。どうだ、少しは効いてきたか？」

彩継は伊達締めを解《と》き、長襦袢の身頃を大きくひらいた。

小夜は緋蝶の翳りがないのに気づいた。去年、蔵を覗いたときは、はっきりと黒い縁取りを見た。それが、今、消えている。

「つるつるになっても、少女のようには見えないな。肉マンジュウが淫《みだ》らすぎる。その中は、もっと淫らだ。おお、牛のような涎《よだれ》を垂らしはじめたようだな」

「出して……」

緋蝶が腰をくねくねと動かした。

「ふふ、効いてきたか。簡単に出してやるわけにはいかないぞ」

緋蝶の総身に、ねっとりと汗が滲みはじめた。

「どうしてほしい？　ソコに太い奴をぶちこんでほしいんだろう？　だが、そうはいかない。始まったばかりだからな」

「解いて……痛いの……手が」

「手が痛いようじゃ、まだまだ肝心のところは効いてないということだ。他のところに意識が向くはずがないからな。もう少し、腰を振っていろ。もっとよく効いてくるぞ。何でもいいからぶち込んでほしくなる。疼いて疼いてオ××コが悲鳴を上げるまでそうしていろ」

「ううっ……いや……ああっ……いや」

女壺に入れられた異物のせいか、くねくねとしていた緋蝶の腰の動きが、徐々に大きくなってきた。伊達締めが解かれているので、長襦袢の前がだらしなくひらいている。二の腕は付け根まであらわになっている。総身が揺れるたびに、黒髪もわずかずつ乱れていった。

「いやあ！　いやっ！　出して！　出して！　お願い！」

今まで必死に耐えていたのかもしれない。堰《せき》を切ったように、緋蝶が暴れはじめた。

「いやっ！　いやっ！」

小夜は全力で走った後のように喘いでいた。緋蝶が救いを求めている。哀れで涙が出そうになる。それでいて、異常に昂《たか》ぶっている。哀れみと興奮が入り乱れている。

「いやあ！　出して！　いやあ！」

暴れる緋蝶の体重が縄にかかり、ビンビンと音を立てた。

「出したらどうしてほしい？」

「入れて！　おっきなものを入れて！」

「出してくれと言ったり、入れてくれと言ったり、忙しいものだな」

緋蝶が必死なだけ、逆に彩継はゆったりと焦《じ》らすように言った。

「出した後、どれを入れてほしい？」

彩継は形のちがう男形を三本差し出した。

小夜は初めて見るいかがわしい道具に、ますます動揺した。

「細い奴から順がいいか」

緋蝶は激しく肩先を喘がせながら頷いた。

「わかっているはずだぞ。こいつは後ろに入れる奴だ」

彩継は一番細いピンクの棒だけ手にすると、にんまりと笑った。

「いやいやいや」

緋蝶が躰をよじった。

「前も後ろも、徹底的に可愛がってやる。おとなしくしろ」

「いや」

「いやなら、おまえのオ××コの中のもの、ずっとそのままだ」

「いや！」

「だったら、こいつを後ろに入れてくださいと言ってみろ」

緋蝶の汗ばんだ顔が歪んでいる。腰はくねり続けている。息が荒い。

「ああいや……出して。いいえ……入れて……それを後ろに……後ろに入れてください」

彩継は梁にまわしていた縄を解いた。だが、両手はいましめたままだ。

「犬になれ。お望みどおり、こいつを後ろにくれてやる」

「出してください……ああ、お願い……言われたとおりにしますから」

「出してやると言ってるだろう？　だから、犬になれ。尻を突き出したメス犬になったら出してやる」

緋蝶は泣きそうな顔をした。しかし、秘壺の疼きには我慢できないのか、ひとつにいましめられたままの両手を床に着き、四つん這いになった。

「もっと膝をひらけ。もっとだ。後ろからでもよく見えるようにな。尻はもっと高く上げろ。発情したメス犬だろう？　今さら上品ぶっても無駄だぞ」

緋蝶は膝をひらき、尻を掲げた。小水のようなぬめりが太腿にまでしたたっている。双丘のあわいもベトベトだ。

「尻までぬるぬるだ。尻も疼くだろう？」

「出してください。お願い」

緋蝶の豊臀は、じっとしていることがなかった。

彩継はぬら光る秘口に指を押し込み、ふくらんだ異物を引き出した。

「いい匂いだ。おまえのオ××コの匂いを香水にでもしたら、世間の男どもは、みんな勃起する。たっぷりおまえの匂いを吸い込んだこれを、私だけが嗅ぐのはもったいないな」

肩越しに振り返った緋蝶は、彩継が手にした異物を鼻に近づけているのを目にして声を上げ、尻を落とした。

彩継の手が尻たぼを打擲《ちょうちゃく》した。

「今度、尻を落としたら、またこいつを押し込むぞ」

緋蝶がよろよろと尻を掲げた。

菊花を外側から揉みほぐしていった彩継が、ピンクの細い男形を、緋蝶の後ろのすぼまりに捻《ね》じ込んでいった。

「くううっ」

小夜は目眩《めまい》がしそうだった。

どこまで彩継は緋蝶を貶《おとし》めるのだろう。蔵に入り、これ以上の行為を止めたかった。しかし、意識の中に、哀れみや怒りとは別のものがある。それが、小夜の血を熱くしている。妖しい炎となって揺れ動いている。

「どうだ、後ろはいいか」

「いい……前にも……前にも入れて」

「欲張りな奴だ。鞭《むち》でも食らえ」

立ち上がった彩継は、先が六本に分かれた六条鞭を手にして、緋蝶の背中に打ち下ろした。

肉音と同時に、緋蝶と小夜の口から、同時に悲鳴がほとばしった。

小夜は反射的に自分の口を手で塞《ふさ》いだ。緋蝶は自分の悲鳴で、小夜の声には気づかなかっただろう。だが、彩継はどうだろう。覗いていいと言われたものの、覗いていることを知られるのが怖かった。激しすぎるふたりの行為を覗いていたと知られれば、彩継から同じことをされるような気がした。

（まさか……）

小夜は、ふっと浮かんだ想像に動揺した。

彩継は、なぜ覗いていいと言ったのか。工房に鍵もかけず、板戸もわずかにひらき、小夜が覗けるように細工した。覗いているのを前提に、緋蝶に破廉恥極まりないことをしている。緋蝶の翳りがないのも堂々と見せている。緋蝶も、ときおり、人形の完成のために、翳りを抜かれているのではないか。小夜も抜かれた。緋蝶と同じことをされたのなら、これから、他のことも同じようにされるのではないか……。

彩継は娘となっている小夜を犯そうとまでした。自分の手で女にすると言った。小夜は死を口にして免れたが、いつまでそれで身を守ることができるだろう。

今夜、息が止まりそうなほど激しい行為を、故意に見せようとしているのは、明日からのことを無言のうちに教えようとしているからではないのか……。

小夜の中で、疑いは確信へと変わっていった。

蔵の中をこれ以上覗く勇気はなかった。緋蝶にされていることは、明日から自分の身に降りかかってくるのだという恐怖。覗きながら、緋蝶への哀れみなどとは別に、妖しい疼きもあったが、それが消えていた。

小夜は逃げるように工房を出た。

4

窓に何かが当たった。数秒おいて、また小さな音がした。瑛介が小石でも投げたのかもしれない。三度目の音で、小夜は確信した。

どのくらいの時間、部屋でじっとしていたかわからない。工房から逃げ出し、思考力を失っていた。瑛介のことを忘れていた。それほど強烈なできごとだった。

小夜は明かりを三度、点《つ》けては消した。そして、玄関に向かった。玄関を開け、外に出て、後ろ手に閉めた。

瑛介がやってきた。

「待ちくたびれた。俺のこと、忘れていたんじゃないだろうな」

笑った瑛介が、小夜の異変に気づいて表情を引き締めた。

「どうした……?」

小夜は首を振った。

「入ろう。小夜まで出てきたらまずいじゃないか」

「どこかに行きたいの……連れて行って」

「これからか」

小夜は頷いた。

「いいさ、どこにでも連れて行ってやる。最高だ。小夜がこんな夜に、外でデイトしてくれるとはな。何も持っていかなくていいのか。まあ、何でも金があれば買えるさ。着替えでも何でもコンビニに行けばいい。日本には夜がない。な？」

瑛介が小夜の手を取った。

そのぬくもりを感じたとき、小夜は手を引いた。

「だめ……やっぱりだめ……行けない……瑛介さん、今夜はだめ……今夜は帰って」

瑛介の笑顔が落胆に変わった。

「驚かせて喜ばせて、最後はがっくりさせて」

瑛介は、わざとらしく溜息をついた。

「だけど、部屋に入れてくれるのは約束だろう？　さんざん待ったんだ。蚊に食われるのがわかっていたら、虫除《むしよ》けを塗ってくるんだった。治ってない傷口を刺されたから、明日には虫の毒がまわって死ぬかもしれない。どうせ死ぬなら、小夜の部屋で死なせてくれ」

瑛介は気を取り直したように、剽軽《ひょうきん》に言った。

蔵の光景や明日からの不安で頭がいっぱいになっていた小夜は、瑛介が五日前、腕を刺されたことを忘れていた。

「一時間……一時間だけよ……お願い……お養父さま達に知られたら、瑛介さんだけじゃなくて、私も居づらくなるから」

「見つかって何か言われたら、戻ってくればいい。実の父親のところに。俺のオヤジのところに」

「だめ……それはできないわ」

「どうしてだ？　そうか、戻らないほうがいいかもしれないな。籍を戻してしまったら、兄妹になってしまうからな。今は他人だ。そのほうが結婚するのに面倒でなくていい」

瑛介のはっきりした言葉に、小夜はだめだと首を振った。

瑛介は無視して小夜の腕を取り、玄関を開けた。

小夜は廊下の奥に怯えた視線を向けた。だが、無事に部屋に入ることができた。

「小父さん達は奥で仕事か。生きているような人形達が棲んでいる蔵なんて惹かれるな。蔵では人形達が動いてるんじゃないか？　いちど、見てみたい」

「だめ！」

小夜の胸が波打った。

「どうしたんだ。そんなにムキになって」

「ムキになってなんてないわ……怖いだけ」

小夜は蔵のことを知られてはならないと慌てた。

「そんなに怖いか。俺が怖いのか。それとも、小父さん達に見つかることか」

どちらも怖かった。明日からの彩継の行動も怖かった。彩継に女にされるかもしれない。そのことばかり頭に浮かんでくる。

彩継には、これからも父であり続けてもらわなくてはならない。どんなに恥ずかしいことをされたとしても、処女を渡すことはできない。緋蝶と景太郎を裏切り、哀しませるわけにはいかない。それなら、彩継に女にされる前に、他の男に処女を渡すしかない。そして、それは瑛介以外にはいない。しかし、一生に一度の儀式を、今、彩継達を気にして、そそくさとすませたくはなかった。

「おう、子トラは元気なようだな。ちょっと柔らかくなったんじゃないか？　毎日、ガキのように抱いて寝てるな？　羨ましい奴だ」

瑛介は子トラのぬいぐるみを右手で持つと、頬に口づけた。

「どこ？　刺されたってどこを？」

小夜は黒いTシャツに隠れている瑛介の両腕を見つめた。右手の肘のあたりが、ややふくらんでいる。

「刺されたってほどじゃない。掠《かす》り傷だ。気にするな。さっさと忘れろよ」

「だったら見せて。見せてくれないなら、これ以上、何も話してあげない」

「いいさ、話なんかしてくれなくても。何も言わなくていい。言葉なんか必要ないさ」

瑛介は小夜をベッドに押し倒して、唇を塞いだ。

小夜は必死にイヤイヤをした。瑛介の唇は離れなかった。総身が熱かった。汗が噴き出した。

瑛介は体重をかけて被《かぶ》さっている。動けない。それでも小夜は辛うじて動く両手で、瑛介を押し戻そうとした。瑛介の舌が入り込もうとしている。小夜は上下の歯をしっかりとつけていた。

唇が離れた。

「いやじゃないだろう? いやだったら会いたいと言うはずがない。ここに入れるはずもない。さっきは、どこかに連れて行ってとも言った」

「今はいや……お養父さま達に知られたら……困るの」

「鍵をかけておけばいい」

「合い鍵があるわ」

「そうしてまで入ってくるはずがないだろう？」

「入ってくるわ」

小夜は口をついて出た言葉にハッとした。

「なぜだ」

小夜は口を閉じて首を振り立てた。

瑛介は立ち上がってドアに鍵をかけた。

「合い鍵を使ってまで入ってくるようなら、プライバシーはないのかと言ってやる。そうまでするわけを訊いてやる。小父さんだろう？　小母さんじゃないよな？」

小夜は災いをもたらす自分の口を憎んだ。瑛介がベッドに戻ってくる前に、躰を起こし、立ち上がった。それを瑛介が、またベッドに押し倒した。

「だめっ！」

「これ以上、我慢できないぞ」

「いやっ！」

小夜は押し殺した声で拒絶した。瑛介の両腕を闇雲に押した。

うっと、短い声を上げた瑛介が、左手で右腕を押さえて顔を顰めた。

「瑛介さん……」

小夜は瑛介が押さえている右腕を見つめた。

「見せて……そこを刺されたのね……私のために」

「掠り傷だと言っただろう？」

瑛介は腕を押さえたままだ。小夜の手が、まともに傷に当たったのがわかった。

「痛む？　ごめんなさい……見せて」

「これを見せたら、小夜も見せてくれるか」

瑛介の言葉の意味がわかるだけに、小夜は押し黙った。

「一度は見たんだ。今さら、見せないとは言わせない。いくらケチな小夜でも、見せると減るなんて言えないよな？」

腕を押さえながらも、瑛介は冗談を言って笑った。

「今夜はだめ……」

「今夜も、だろう？　小夜の言うことをまともに聞いていたら、そのうちに五十になって六十になって、やがて棺桶《かんおけ》の中だ」

瑛介はふたたび小夜を力ずくで押し倒した。

「だめっ……あう」

抵抗する両手を乳房の間でひとつにして、左手で押さえつけた。落ち着いていた右手の痛みが、小夜に思い切り押されたことで疼いている。縫合した糸が簡単に切れるはずがないなら、糸が肉を裂いてしまったのではないか……。

小夜はまだ抵抗している。また傷口をまともに触れられたら大変だ。瑛介は小夜の気持ちがわからなかった。小夜に嫌われているとは思えない。それなのに、これまでのどの女ともちがい、本気で抵抗している。

傷口が気になったが、死にはしないと思い、右手を小夜のスカートに潜り込ませた。

「だめっ」

「誰にだって初めてのときがあるんだ。子供はできないようにする」

瑛介が最後の行為までしようとしているのを知って、小夜は今まで以上に抵抗の力を強めた。

「お養父さまが」

「責任は取る。小夜だっていやじゃないはずだ」

「いや。いや。だめ。絶対にいや。そんなことをしたら……」

彩継を退けたように、死を口にしようとした。だが、瑛介に真上からまともに見下ろされ、ひらきかけた唇が閉じた。

「どうする？　抱いたらどうするというんだ」

「お養父さま達を気にしてするのはいや……今夜はいや」

「今夜じゃなかったらいいのか。明日か、それとも、明後日か？　そうじゃないだろう？　いつだっていやだと言うんだ。もう処女じゃないのか。それを知られるのがいやか。そんなことはかまわない」

「初めてのキスは瑛介さんとよ……私、まだ……」

「キスをしたことがなくても女になることはあるさ。何ごとも不可抗力のときがある」

確かに、そんなこともあるだろう。瑛介は小夜が見知らぬ男にでも襲われ、強引に女にされたと思っているのだろうか。

「誰も知らないわ……まだ誰も」

小夜は瑛介に、女になっていると思われるのが哀しかった。

「怖いのか。好きなら、ひとつになりたいと思って当然だろう？」

「いっしょにいるだけで幸せ……何もしなくても私は幸せなの」

「ひとつになればもっと幸せになれる。それに、男は」

瑛介は小夜の手を取ると、ズボン越しに太腿の間に導いた。

小夜は硬いものを感じてびくりとし、手を引こうとした。それを瑛介は逃がさなかった。

「このくらい知ってるだろう？　小夜を欲しがってる。こんなになると、我慢するのは辛い。男は辛いんだ」

小夜は硬い肉茎の感触から逃れようと、握られた手を必死に引いた。ますます瑛介の股間のものがふくらみを増した。

「俺はとうに女を知ってる。だけど、小夜は今までの女とはちがう。小夜がいないと、俺は生きていけない。小夜に会った瞬間から、俺には小夜なしの人生なんか考えられなくなった。俺のことが嫌いじゃなかったら、頼むから見せてくれ。全部を見たい。きょうは見せてくれるだろう？」

「いや……」

「いやなら入れてくれなかったはずだ。そんなに焦らさないでくれ。こいつをおとなしくさせてくれ」

肉茎は鉄のように硬くなっている。

「いいよな？」

スカートに手を入れようとした瑛介を、小夜は押し止めた。

「じゃあ、手でしてくれるか？　それとも口か？」

「わからない……そんなこと言われても、意味がわからないの」

小夜は彩継に剛直を握らされ、強引に手を添えられてしごきたてた去年の浴室の出来事を忘れてはいない。躰の一部とは思えないほど硬かった股間のものを激しくしごいていると、白い精液が飛び散った。瑛介はそれと同じことをしろと言っているのか……。

「こいつをじかに見たこともないか」

小夜は肯定することも否定することもできなかった。今頃、蔵の中で彩継は裸になっているだろうか。股間のものを反り返らせて緋蝶を突き刺しているだろうか。それとも……。

小夜は彩継が廊下で聞き耳を立てているのではないかと、ふいに不安に包まれた。

「お養父さま達、喉が渇いて出てくるかもしれないわ。私にもコーヒーはどうかって尋ねるかもしれないわ……ようすを見てくるわ……怖いの」

「俺が見てきてやる。工房はいちばん奥だよな？」

「だめ！　ここから出ないで。お願い。そんなこと言わないで。私が戻ってくるまで、絶対にここから出ないで」

「心配性だな。小父さんは朝まで蔵の中だと言ってたじゃないか。必死に仕事してるさ」

瑛介は何も知らない。小夜はもういちど蔵を覗かなければ不安だった。瑛介を残して蔵に向かった。

工房の引き戸には、やはり鍵はかかっていない。小夜は息をひそめて中に入ると、蔵の板戸に近づいた。

古い階段箪笥《だんす》に背をもたせて立っている緋蝶は、乱れた紫の長襦袢の上から、後ろ手胸縄にいましめをされていた。懐は左右に大きく割られている。乳房の上下にまわっているいましめが、白い乳房を絞っていた。長襦袢は肌を包むものではなく、白い肌をより淫らに見せる道具になっていた。

髪の乱れも痛々しい。だが、いちだんと妖艶さが際だっている。

「緋蝶、肉がとろけそうか」

「アソコが……まだアソコが……あなた、入れて……」

緋蝶は眉間《みけん》に皺《しわ》を寄せて、腰をくねくねとさせた。

「年中、ソコに何かを咥え込んでいないと落ち着かないんだろう？　いやらしいオ××コだからな。今度はどれを入れてほしい」

彩継はグロテスクな男形を左右に持って差し出した。

まだ破廉恥な時間は続いている。小夜は鼻から荒い息をこぼした。

次に何があるのか、覗かずにはいられない。すぐに引き返すには、蔵の中の光景は、あまりにも刺激的だ。

「ください……早く。早く入れて」

緋蝶は淫らに腰をくねらせた。

「どっちが欲しい？」

「それを……黒いそれを」

緋蝶は彩継に太いほうのオモチャをねだった。

「スキモノだな。今度はこれか」

彩継は長襦袢の裾を思い切りまくり上げて、背中にまわっているロープに絡めた。翳りのない緋蝶の下腹部が剝き出しになった。

「女のココはいくらでも濡れる。枯れることがないのが不思議だ。特に、おまえのはな」

指で秘芯をいじりまわす彩継に、緋蝶が甘い喘ぎを洩らした。

太い男形が女壺に沈んでいった。いっそう妖しい緋蝶の悦楽の声が洩れた。

そのとき、小夜は後ろから伸びた手に口を塞がれ、心臓が飛び出しそうになった。

「声を出すな」

瑛介だ。あまりの驚愕《きょうがく》に、小夜は倒れそうになった。

「いいな？　声を出すなよ」

ゆっくりと口を塞いでいた手が離された。

振り向いた小夜は、彩継に知られることを恐れ、ただ瑛介に向かって首を振り立てた。瑛介は小夜を退《ど》かし、そこに自分が立った。そして、中を覗き込んだ。

小夜は自分の心臓の音が、彩継にまで聞こえているのではないかと思った。そして、瑛介まで、彩継と緋蝶の秘密の時間を知ってしまったことに動揺した。

瑛介は覗き込んだまま動かなかった。長い長い時間に思えた。彩継が蔵から出てくるのではないかと、小夜は怯えた。恐ろしい時間だった。

ついにたまりかね、小夜は瑛介のTシャツを引っ張った。反応がない。何度も引っ張った。泣きたくなった。

ようやく瑛介が動いた。鼻から洩れる息が荒い。胸が波打っている。行くぞ、というように、瑛介が顎《あご》をしゃくった。その目は瞬《まばた》きを忘れているように、見ひらかれていた。

小夜は部屋に戻るまでの時間も長く感じた。瑛介とふたりになるのが怖かった。

「驚いた……そういうこととは想像もしていなかったからな」

瑛介の笑いが強ばった。

「蔵を覗いていいとは、こういうことだったのか。初めてじゃないんだな……小母さんは知っているのか。小夜が覗いていることを」

小夜は恐ろしいものを見るような目で瑛介を眺めながら、激しく首を横に振った。

「小夜もあんなことをしてるのか。小父さんと」

小夜は、いっそう激しく首を振り立てた。

「小父さんに処女を奪われたのか。そうだろう?」

瑛介の言葉に、小夜は首を振るしかなかった。

「俺に抱かれまいとするのはそういうことだろう？　処女だと口にしてしまって、そうでないのを知られるのが怖くなったんだろう？　そうだな？　強引に犯されたのか。そうだな? 小母さんがいないときに。そうだな?」

瑛介の語調が徐々に強くなってくる。小夜は無言で首を振り、否定し続けた。

「小父さんは小夜に、蔵を覗いていいと言ったんだぞ。それは、覗けということだったんだ。そんなことを言うのは尋常じゃない。小父さんは小夜を養女にして、オモチャにしているんだ。そうだな? あいつは鬼だ。俺を近づけたくない意味もよくわかった。小夜を自由にしているからだ」

「ちがうわ……そんなこと」

小夜は勝手に想像している瑛介に、やっと口をひらいた。

「まだあいつを弁護する気か。小夜は玄関で、どこかに連れて行ってと言ったじゃないか。ここから逃げたいんだろう? そうだろう?」

「ちがうわ……ちがうの……お養父さまは私に何もしないわ。ふたりともやさしくしてくれるわ……お養父さまを悪く言わないで……あれは……あれは大人の世界……私は男の人なんか知らないの……何も知らないの……知らないの」

「男を知らないというのなら、証拠を見せろ。見せてみろ。見せられないと言うんだろう？明日、オヤジに言ってやる。小夜を取り戻せと。いや、これから連れて帰る。ここに置いておくわけにはいかない。行くぞ！」

瑛介は小夜の腕をつかんだ。

「私はヴァージンよ。信じて」

「だったら裸になってみろ」

彩継と同じように、瑛介も恥ずかしいところを見なければ信じない……。

まっすぐに向けられた瑛介の目を見て、小夜はそう思った。

こんな展開になるとは思っていなかった。だが、瑛介にすべてを見られることを意識して、いつもより念入りに秘園を洗ったのだ。

「見るだけ……何もしないと約束して……ヴァージンとわかったら何もしないで。きょうは、何もしないで」

「ヴァージンだったらな。だけど、そうじゃなかったら抱く。俺の躰で汚らわしいあいつの痕跡を消してやる」

瑛介は小夜の赤いタンクトップに手をかけた。小夜は抵抗したときの瑛介の次の行動を危惧して素直に従った。彩継には瑛介が覗いたことを知られてはならない。ここにいることも知られてはならない。

小夜は自分から服を脱ごうとはしなかった。瑛介がブラジャーを外し、スカートを下ろし、ショーツに手をかけた。

小夜の唇が小さく震えた。

「横になれ……」

瑛介の言葉もかすかに震えていた。

小夜はベッドに横になり、目を閉じた。

(いつものようにお養父さまに見られるの……お養父さまなの)

瑛介に見られる激しい羞恥に、小夜はそう言い聞かせた。

ショーツが踝から抜き取られた。瑛介は翳りを撫でまわした。瑛介に初めて下腹部を見られたとき、小夜の翳りは抜き取られた後だった。今は生え揃っている。この不自然さを瑛介はどう思うだろう。

閉じていた太腿が、両方の手で同時に左右に押し広げられた。小夜は閉じている目を、さらに固く閉じた。

肉のマンジュウが大きくつろげられた。瑛介の荒い息が翳りを揺らした。花びらもかすかにひらいているのがわかる。閉じていた部分をスッと空気がなぶっていく。

もっとも恥ずかしい部分を見つめられている屈辱と切なさ。小夜は拳を握って耐えた。

「きれいだ……こんなきれいなもの、初めて見た……」

目を閉じていても、瑛介が熱心にそこだけを見つめているのがわかる。

「もう許して……わかったでしょう？　男の人なんて知らないってわかったでしょう？　もう見ないで」

小夜は腰をもじつかせた。

外側の女の器官を見つめていた瑛介は、処女膜がどうなっているのかまではよくわからない。毎月の生理のために、膜には穴があいているのは知識として知っていたが、何人女を知っても、どういうものが処女のもので、どういうものが破瓜《はか》の後のものかまではわからなかった。

処女と結ばれたこともある。だが、処女膜まで気にしたことはなかった。それなのに、小夜に関してだけは別だ。処女でなければ彩継を殺したいほどだ。処女であれば、あれほどアブノーマルで激しい行為を覗いていいと言った彩継の気持ちがわからない。

瑛介は秘口を眺めるために、透き通ったピンク色をした極上の花びらを指で割り広げた。

あまりの清らかさに指先が震えた。男を知っているはずがないと思える可憐さだ。

「いや……そんなに……見ないで」

小夜が泣きそうな声で言った。恥辱にまみれた掠れた声に、瑛介の股間が疼いた。

愛らしい帽子をかぶった肉のマメがきらきらと輝いている。こんなにも美しい宝石を持つ女がいたのだ。色も形も文句のつけようがない。鼻孔を刺激する淡い女の匂いは、恥じらいながら漂い出しているようだ。

瑛介は喉を鳴らした後、潤みを持った秘口から肉のマメに向かって、舌先を滑らせていった。

「んんっ」

大きく腰が跳ねた。潤みが増した。

剛直を押し込みたい欲求が増した。こうなってまで結ばれないのは不自然だ。

「小夜……きれいだ……小夜、いいよな？」

瑛介は素早くズボンを脱いだ。

気配を感じた小夜は目をひらいた。

「だめ！　約束してくれたのに！　ヴァージンだったらしないって」

小夜は半身を起こした。

ここまできていながら、まだ抱かれることができない。彩継の怒りを想像しただけでなく、瑛介と結ばれていいのかどうかがわからない。今、処女を渡す相手は瑛介しかいない。それでも、椿屋敷にいる限り、彩継がときおり恥ずかしい検査をするだろう。そのとき、男を知った小夜を、彩継はどうするだろう。

次々と不安が押し寄せてくる。

「ヴァージンかどうか……わからない」

「見たくせに……あんなに見ていたくせに」

「ヴァージンかどうかなんて、そこを見たくらいじゃわからない。処女膜には最初から穴が開いてるんだからな」

「だけど、オユビも入れたことがないわ。タンポンだって入らないの。見たらわかったはずよ……嘘つき。何もしないと約束したのに」

小夜は太腿を閉じて、瑛介を精いっぱい非難した。

「本当のようだな……だけど、俺にはわからなくなった。何もかもわからなくなる……どうして処女だ。小父さんは何を考えてる……小夜はなぜ、俺とセックスしようとしない。見ろよ。またこんなになってる。セックスしないで我慢するのがどんなに辛いか、男の辛さがわかるか？　出してしまわないと辛いんだぞ」

弾けそうな股間を、このままなだめることはできそうにない。瑛介は小夜の怯えを無視して、ズボンとトランクスを脱いだ。

「こんなになってるんだぞ」

彩継より淡い色をした、それでも見るからに硬く反り返っている瑛介の肉茎だ。

「出すって……精液のこと……？」

小夜は瑛介のものを見つめながら、かつて浴室で飛び散った彩継の樹液を、また脳裏に浮かべた。

「このままじゃ辛い。出してしまわないと」

溜息をついた瑛介が、強引にひとつになるのを諦めたのを知った。

小夜は亀頭に唇をつけた。その瞬間、肉茎がクイッと反応した。

小夜はびくりとして顔を上げた。

「男を知らないのに、これにキスすることは知ってるのか。そうか、小父さん達のをいつも覗いてるんじゃないかな」

小夜は視線を落とした。

「口でしてくれるのか。小夜にフェラチオしてもらえるなら、すぐにイキそうだ」

「どうしたらいいか……わからないの」

緋蝶が彩継のものを口に含んでいるのを覗いたことはあっても、体験がなければ、いざというときに動けない。小夜は途方に暮れた。

「教えてやる」

瑛介はベッドに横たわって足を広げ、剛棒を手に取った。

「ここは亀頭。感じるところだ。ここが鈴口。ここも感じる。精液が出てくるところだ。男は小水もここから出てくる。だけど、心配するな。精液と小水は、絶対に、いっしょには出てこない」

瑛介は指で鈴口を、少し広げて見せた。

「このエラの張った裏側も感じるところだ。ペニスの裏側のここあたりも。だけど、全体が感じるんだ。わかったか？」

小夜はたよりなげな顔をした。

「まあいい。そのうちわかってくるさ。ヴァージンじゃな。さあ、パックリとその可愛い口で咥えてくれ。ソフトクリームでも食べてるつもりで舐めてくれたらいいんだ」

小夜は瑛介の脚の間に躰を入れて腹這い、恐る恐る剛直を手に取った。それから、生まれて初めて、唇のあわいに男のものを含んでいった。

「小夜……いい気持ちだ……根本まで咥え込んでくれ」

言われるままにしたが、亀頭が喉につかえ、吐きそうになって涙が滲んだ。

「無理か？　俺のは、でかいからな。だけど、外人に比べたら可愛いもんだぞ。ビール瓶のように太い奴もいるらしいからな。小夜、さっき言ったところを舐めてくれ。根本は手で握っておいてくれ」

口だけでも思うようにいかない。それが、手の位置も言われ、小夜は不器用に肉茎を握った。硬い。こんなにも硬くなるのが、いまだに不思議でならない。愛しい男のものと思っても、著しい変化への恐れがあった。

小夜はちろちろと舌先で亀頭を舐めた。オスの匂いが鼻孔を刺激した。彩継のものを握ったことはあっても、顔を近づけたことはなく、初めて知った匂いだ。独特の匂いに、小夜は強く異性を感じた。

「小夜……いい気持ちだ……全部咥えてくれ。唇でしごくんだ」

瑛介に言われるままに動いた。

「そうだ……小夜……いい気持ちだ……もっと強くしていい。歯を立てないでくれよ」

小夜は不慣れな動きで顔を上下させた。

そんな初《うぶ》な姿に、瑛介は新鮮な喜びを感じた。小夜が彩継によって女にされているかもしれないという疑惑は消えた。

瑛介は小夜の散りこぼれそうなほど愛らしい唇が、肉茎の形に丸くなっているのを見つめながら、悦楽の波が駆け上ってくるのを感じた。

「小夜……もっと強くしごいてくれ。もうじきイク……もうじきだ」

小夜の頭が必死に動く。だが、未熟だ。それでも、小夜の口戯だというだけで快感が大きい。

熱いものが迫《せ》り上がってきた。くぐもった声が押し出され、総身が硬直した。

小夜が動きを止めた。

小夜は動けなくなった。樹液を口で受け止め、どうしていいかわからない。鼻から熱く湿った息がこぼれ出た。

「飲むのがいやならティッシュに出せ。いやなら出せ。出していいんだぞ」

瑛介の差し出したティッシュが、小夜の額に触れた。精液は飲んでもいいのだとわかった。だが、生臭い。小夜は肉棒を咥えたまま動けなかった。

太く硬かったものが縮んでいく。そのぶん、唾液が溢れて口がいっぱいになってくる。

「出せ。小夜、ここに出すんだ」

小夜は生臭さを我慢して首を振った。そして、一気に呑み込んだ。

顔を離した小夜の目尻に涙が滲んだ。

「ばかだな……出してよかったのに。たまに、ザーメンが好きでたまらないという女もいるけど、好きな奴はあんまりいない。男にとっては飲んでもらうと嬉しいけどな。小夜が初めてフェラチオしたのは俺で、初めてザーメンを飲んだ相手も俺だ。ありがとう」

半身を起こした瑛介は、小夜の頭を撫でた。

小夜は心地よさに、自分を日溜まりにいる猫のようだと思った。

「綺麗な乳房だな。アソコばかり見ていたから、オッパイを見るのが最後になった。俺もばかだな」

手のひらでふくらみを包まれ、小夜は目を閉じた。

「小さいから恥ずかしい……」

「ちょうどいい。柔らかくて気持ちがいいな。小夜はどこもきれいだ」

「そろそろ帰らないと……ね？　お養父さま達に知られるのが怖いの。もうじき出てくるかもしれないわ」

「朝まで出て来やしないさ」

「でも、もうだめ……」

「今度、いつ会える？　小夜とゆっくり過ごしたい。小夜が欲しい」

「できるだけ早く会えるようにするから。帰る前に傷を見せて」

「見たってしょうがないさ」

「見たいの……」

下半身だけ剝き出しだった瑛介は、Tシャツを脱いだ。右手の肘のあたりと、そのやや下に包帯が巻かれている。

瑛介がそこを突き出した。小夜は包帯を取っていった。肌に当ててあるガーゼに血が滲んでいた。

「傷口がひらいたかもな。小夜が思い切り、そこを押したからな」

小夜は罪の意識に、哀れな顔をした。

「そんな顔をするな。しっかり縫いつけてあるから、簡単にひらきはしない。冗談だ。俺は原始的だから、肉はすぐにくっつくさ。ガーゼは剝ぐなよ。剝いだら悲鳴を上げるからな。包帯、巻き直してくれ」

小夜はガーゼの下の傷を見る勇気がなかった。見なければと思うものの、また包帯を巻き戻していった。

第四章　螺鈿細工の箱

1

小夜を見る彩継の目が以前とちがう。緋蝶に何かを感づかれてしまうのではないかと、小夜は不安になることがあった。

緋蝶が外出するとき、小夜もいっしょについていくようにした。

夏休みになったばかりだというのに、早く二学期にならないかと思った。けれど、今までより長く、瑛介に会うための時間がとれる。それをいつにするか、彩継の目を見ると迷った。

「お養母さま、卍屋の小父さまのところに行ってみたいわ。古いものって素敵だわ。何度かお養父さまと行ったけど、いつも、ついででちょっとだけ。たまにはゆっくり見てみたいの。まだ早いからいいでしょう？」

進物用の器を買いにデパートに行った帰り、小夜は緋蝶を誘った。

「卍屋さんが喜ぶわね。小夜ちゃんのこと、とても気遣ってくださっているから。亡くなったお母さんと級友だったこともあるし、気になるのも当然かもしれないわ」

緋蝶はすぐに承諾した。

骨董を見たいのは本当だ。しかし、それより、卍屋にひとりで行き来するようになれば、彩継を離れて、もう少し自由な時間ができるような気がした。卍屋に出かけることを口実に、瑛介との逢瀬の時間をつくるつもりだ。瑠璃子には瑛介との逢瀬を、決して悟られてはならない。瑠璃子を口実に使うのは危険だ。卍屋に行くのまで彩継が監視するとは思えなかった。

卍屋には老舗の菓子を買って訪ねた。

須賀井は掃除の行き届いた店で、常連らしい客と世間話をしていた。

須賀井は先代から続く店を、数年前に四階建のビルに建て替えた。

一階は古い家屋の廃材をふんだんに使った和風の落ち着いた店舗だ。二階は居間で、客との接待にも使う。だが、気楽にやってくる常連客は、一階の椅子に座って須賀井と世間話をしていくことが多い。

三階と四階がプライベートルームだ。

小夜達に気づいた須賀井は、驚いた顔をした。

「どうしたんですか？」

「小夜がゆっくりと、お店のものを見たいと言うものですから、買い物帰りに寄ってみました。お邪魔なら、また参ります」

「私は失礼するところでしたから」

品のいい顔をした七十代に見える男性客が、椅子からすぐに立ち上がった。

「いえ、どうぞ、こちらはおかまいなく」

「小父さま、お忙しいときにすみません。見せていただいてかまいませんか?」

「かまわないとも。欲しいものがあったら持っていくといい」

「若い女性には、やけに気前がいいじゃないか。ふたりとも美人だ。仕方ないか。美人の客はタダになるかわり、私が倍の値段を払っていたわけか」

裕福そうな客は、気を悪くするようすもなく笑っている。

「お嬢ちゃん、これを欲しいと言うといい。卍屋さんが困るだろう」

客はガラスケースの中の抹茶碗を指した。

「まあ、それはお困りになるわ」

緋蝶が笑いながら須賀井を見つめた。

「いや、小夜ちゃんが欲しいというなら持っていっていいですよ。いちど口にしたことですから。それにしても、竹田さん……」

「意地が悪いと言いたいようだな。じゃあ、石でも投げられる前に退散しますか」

竹田と呼ばれた客は、くっと笑いながら出ていった。

「小父さま、これ、もらっていいの？」

小夜は竹田の指した抹茶碗を見つめた。

「かまわないよ」

須賀井はポケットから鍵を出し、ガラスケースを開けようとした。

「卍屋さん、冗談でしょう？　本気なら困ります。小夜ちゃん、だめよ」

緋蝶が首を振った。

「本当に、かまわないですよ。大事にしてくれるならいいんです」

「困ります」

「いいえ、本当にいいんですよ」

「そんなわけにはいきません」

緋蝶と須賀井のやりとりを眺め、小夜は悪戯《いたずら》っぽい笑みをこぼした。

「お養母さま、心配しないで。小父さま、ごめんなさい。さっきの小父さまが、あんなことを言ったから、わざと言ってみただけ。このお茶碗、洗ってもきれいにならないの？　もっと綺麗に洗っておいたほうがいいんじゃない？　私はもう少しきれいなのがいいの。ごめんなさいね」

「これを汚いと思うのか……？」

須賀井が意外だという顔をした。緋蝶は口を押さえて笑っている。

「卍屋さん、よかったですね。小夜ちゃんは、まだ骨董なんかわからないんです。若い人は新品のほうがいいのかもしれません。どうか、うんと教えてやってくださいね」

「小父さま、夏休みになったから、毎日でも来ていいかしら？　お客さまにはお茶を出してあげるわ。お掃除もします」

「だめよ。お茶碗を割ったりしたら大変。卍屋さん、小夜にここのものを触らせたりしたら、この高価な高麗茶碗なんか、汚れているからって、タワシでごしごしと洗われてしまうかもしれませんよ」

「これが高いの？」

「ええ。十万や二十万では買えないのよ」

小夜は納得できなかった。

「きょうは、おふたりとも、ゆっくりしていっていいんですね？」

「でも、お客さんがいらっしゃったら帰りますから」

「とんでもない。いつも慌ただしいでしょう？　こんなことはめったにないし、閉めますよ」

須賀井は緋蝶が止めるのも聞かず、さっさと店を閉めた。そして、ふたりを居間に通した。

「これ、卍屋さんのお好きな麩饅頭《ふまんじゆう》です。まだ冷えているはずですけど、すぐにお召し上がりにならないようでしたら、冷蔵庫に入れておいてください」

「恐縮です。コーヒーか紅茶でも淹れようかと思っていましたが、麩饅頭なら、お抹茶を点《た》てましょうか。小夜ちゃん、お抹茶でいいかな？」

「ええ。でも、さっきの何とか茶碗には入れないでね」

「汚れてるから、せっかくのお茶が不味くなるって言いたいんだろう？」

須賀井は緋蝶と顔を見合わせて笑った。

「小父さま、茶道のお免状も持ってるし、他にもいろんなことができるし、お店もあるし、やさしいし、それなのに」

「また、どうして奥さんがいないって言いたいのか？」

小夜が肩を竦《すく》めた。

須賀井は思いがけなく訪ねてきたふたりに、心が弾んでいた。客の竹田が知恵を貸した高麗茶碗を、小夜が欲しいと言ったなら、渡してもかまわなかった。高価なものを小夜が持っていてくれるなら、それだけで本望だ。店に出ている商品のひとつやふたつを渡すことなど何でもない。

棚にずらりと並べた品物は、それほど高価なものではなく、やや高額なものはガラスケースに入れて鍵をかけている。だが、もっと高価なものは金庫に入れて出していない。その手のものを欲しがる客が来たときに出してみせる。

しかし、それも、小夜が望むなら渡してもかまわない。須賀井には妻も子もなく、今、もっとも気になる女は小夜だ。緋蝶も美しく気品があり、素晴らしい女だ。けれど、人妻になっても胡蝶をひそかに愛し続けた須賀井にとって、その血が半分流れている小夜は、特別の存在だ。

かつては、胡蝶の可愛い娘でしかなかったが、彩継達の養女になってから、会うたびに美しくなってくる。それも、ただ美しいだけでなく、恐ろしいほどに妖艶になってきた。まだ高校生でしかないというのに、亡くなる直前の胡蝶より、はるかに妖しい女になっている。自分だけがそう感じているならいいが、他の男達もそう思うのではないか。須賀井は、ときどき小夜に会ってようすを見なければ不安な気がした。

一家揃って料亭に誘ってみたり、屋敷に顔を出してみたり、不自然に思われない程度のことをしているつもりだが、ときには屋敷の近くまで出向き、あまりに頻繁すぎやしないかと、屋敷に寄らずに、そのまま戻ってしまうこともあった。

いくら彩継に小夜人形の制作を頼んでいるとはいえ、緋蝶と小夜に不審に思われるわけにはいかない。それが、小夜からやってきて、夏休みに頻繁に来ていいかと尋ねた。夢のようだ。

茶室に行かないで、ポットの湯で簡単に茶を点てた須賀井は、麩饅頭も伊賀焼の器に盛って出した。

「小父さま、このお茶碗のほうが好きよ。とってもきれい」

「そう言ってくれると思った」

須賀井は小夜のために、きらびやかな九谷焼の抹茶碗を選んだ。緋蝶には白い唐津焼の粉《こ》引《ひき》茶碗、自分には気に入りの楽茶碗で点てた。

「ここにいると、ゆったりとした気持ちになれますね」

「そう言っていただけると嬉しいですが、あんなお屋敷に住んでいると、あそこ以上に安らぐところはないでしょう？」

小夜はそんな言葉を聞きながら、須賀井の知らない世界が椿屋敷にはあるのだと、自分に対する彩継の行為、蔵の中で繰り広げられている彩継と緋蝶の行為を思い浮かべた。

蔵の中での口にできないような夫婦の行為を二度も覗いていながら、何も知らない振りをして緋蝶と接している自分がいる。彩継の行為を隠し続けている自分がいる。

緋蝶への裏切りを感じるとき、いたたまれなくなる。いっそ瑛介と結ばれてしまえば、彩継は諦めてくれるのではないか。そうなれば、緋蝶への裏切りも終わる。けれど、そんなことを考えたあと、簡単に彩継が諦めるはずがないと思い直した。

「小夜ちゃん、彼氏はできたか」

「えっ？　ううん……女子校だし」

小夜は緋蝶をちらりと見て言った。

「そろそろ、ボーイ・フレンドのひとりぐらい連れてきてもおかしくないと思っているんですけど」

緋蝶は瑛介のことをおくびにも出さなかった。

「小夜ちゃんは日に日にきれいになるから、緋蝶さんも先生も心配でしょう？」

「卍屋さんも、いつも心配してくださってるみたい」

「そりゃあ、赤ちゃんのときから知ってるんですから……」

緋蝶の言葉に、須賀井はさらりとこたえた。

「お養父さまの昔のお人形さんはないの？　小父さまが、ずいぶん持っていってしまったって、お養父さまが言ってたわ」

「先生の人形は人気があって、常連さんから、よく頼まれるんだ。だから、みんな、すぐになくなってしまう」

「お養父さまのお人形は骨董じゃないのに、ここに置くと骨董になってしまうの？」

「まさか」

須賀井が笑った。

「私が先生と懇意にしてるって知ってるお客さんから、何とか手に入れてくれって頼まれるんだ。だけど、次々と創れるものじゃないし、なかなか、ここにもまわってこない」

「新品で売るのね」

「ああ、小夜ちゃんも面白いことを言うな」

須賀井は彩継がいないことで、いつもよりリラックスしていた。小夜もふだんより、いっそう親しげに話した。

自分のための小夜人形が、いつできあがるのか、須賀井は毎日、その日を待ちわびていた。半年や一年でできないことはわかっている。それでも、いつか手に入れることができると思うだけで、生き甲斐になった。

「小父さま、さっきのお茶碗だけど」

「うん？　欲しくなったのか？　持っていっていいんだぞ」

「ううん、いくら高いものでも、好きじゃないからいいの。でも、どうして高いのかわからないから、夏休みが終わるまでには、あのきれいじゃないお茶碗が、どうして高いのかわかるように教えてほしいの」

須賀井は苦笑した。

「好きずきもあるからなあ。最後は自分が好きか嫌いかだ。好みの本だって食べ物だって、みんなちがうだろう？」

「そんなに言われたら、骨董のお勉強なんかできないわ。私があんまりおバカさんだから教えるつもりがないんでしょう？」

「小夜ちゃんが優秀だってことは、ちゃんと聞いてる」

「でも、さっき、お養母さまも笑ってたわ。お養母さまは、あのお茶碗のこと、ちゃんとご存じだったみたいだし」

「そりゃあ、ずっと売れ残って、あそこにあるから、以前、説明したことがあるんだ」

「売れ残ってるの。じゃあ、高すぎるってことじゃないの？」

「高いと思った人は買わないか、値段の交渉をしてくるな。だけど、あれ以上落とせない。私は、あの価値があると思っているからだ。さっきのお客さん、あれを狙ってるんだ。小夜ちゃんに、ただで渡したら、きっと、あの人に言っている値段の半額で交渉してきて、買いたいと言うだろう」

「ふうん、あの上品な小父さま、あれが欲しいのね。だったら、もらっていって、小父さまに半額でさしあげようかしら」

「小夜ちゃん……」

「ふふ、冗談に決まってるでしょう？　そんなことをしたら、須賀井の小父さまが貧乏になってしまうから、これからご馳走していただけなくなるもの」

三人でいると笑いが絶えなかった。

「じゃあ、毎日じゃなくても、二日にいちどは来ていい？　少しずつ教えてね。ちゃんとお掃除くらいするわ」

「バイト代を払わないといけないな。時給五千円でいいか？」

「卍屋さん、ダメですよ。今時、時給千円だってなかなかいただけないようですよ。骨董のことを教えていただくのはこちらです。バイト代なんて出さないでくださいよ。ね、小夜ちゃん、バイトのつもりじゃないわよね？」

「もちろんんよ。時給五千円なんて簡単に言うと、みんなが押し掛けてくるわ。小父さまって人がよすぎるわ。私がうんと小さいときも、お年玉を渡しすぎて叱られていたことがあったでしょう？」

参ったなと、須賀井が言った。

「じゃあ、小父さま、明日から、よろしくお願いします」

「先生が何と言うかな……」

須賀井は彩継に小夜人形を頼んだこともあり、ひとりだけで頻繁に寄越してくれるかどうか疑問だった。期待しないで待つのがよさそうだと、落胆しないために自分に言い聞かせた。

2

彩継は仕事に集中する日が多くなっている。食事だけは、できるだけ三人で摂るようにしていたというのに、ここ数日、朝も昼も工房から出て来なかったり、ちょうど食事のときが睡眠中だったりした。

「お養父さま、大丈夫？」

小夜は彩継が食事の時間に顔を出さないのは、自分のせいではないかと気になった。娘以上のことを求められて、死を口実に逃れたが、彩継は、それをきっかけに自分を避けているのではないか……。

罪なことをしたのではないかと気が塞ぐこともあったが、あの翌日、彩継は普通の顔をして小夜と接し、夜になって緋蝶との秘事を覗くように、そそのかしもした。それを思うと、故意に避けているとも思えない。
「あれが普通なのよ。小夜ちゃんが来てから、食事のときが規則正しくなったの。いつもあ
あだったの。仕事に熱中したら仕事ばかり。工房によく食事を運んでいたわ。気にしなくて
いいのよ。小夜ちゃんが来てくれてからのお養父さまは、それまで信じられないような生活
時間になったのよ」
彩継が自分のために、極端に生活時間を変えていたのがわかると、小夜は、やはり心が痛
んだ。しかし、彩継は養父とはいえ、父親だ。父親とは男女の関係になることなどできない。
やさしすぎる緋蝶を、これ以上、裏切ることもできない。
「須賀井の小父さまのところに行ってくるわ。今、お茶碗の目利きをしてるの」
「まあ、それは楽しみね」
「まず形から教えてもらってるの。碗形馬上杯《わんなり》、半筒、天目形《てんもくがた》、平形《ひらがた》、井戸形、馬盥《ばだらい》……え
えと」
「それだけ覚えたらたいしたものだわ。卍屋さんに高いものなんか、もらってきちゃだめよ。
申し訳ないわ」
「でも、高いか安いか、私にはわからないもの」
須賀井の店に行くたびに、バイト代の代わりだと、小夜は小皿や小さな置物をもらってき

た。

「あそこには安いものはないのよ。骨董屋さんといっても、ピンからキリまであるの。卍屋さんは信用のあるお店で、安いものは扱わないのよ。卍屋さんに置いてあるものなら間違いないと言われているのよ」

「いちばん高いものは出してなくて、次に高いのはガラスケースの中で、安いのはそのまま並べてるって言ってたわ。ガラスケースの中のものは、何ももらってきてないのに、高いのがあった？」

「小夜ちゃんは、こないだいただいたお小皿、五百円か千円と思っているんじゃないの？」

「ちがうの？」

「あれは安くても、一枚、五千円はするはずよ。私は詳しくないから、そのくらいと思ったけど、お養父さまは、一万円はするだろうって」

小夜は小皿一枚ぐらいと思って、やると言われて簡単にもらってきただけに、その値段に驚いた。

「小父さま、段ボール箱から出してくれたし、値段が書いてなかったし」

小夜は骨董など一生かかってもわからないかもしれないと思った。しかし、わからないならわからないでいい。目的は、瑛介との逢瀬の時間をつくることにある。

昼食を食べてから出かけた。

彩継は朝まで工房に籠《こ》もっていたらしく、寝室で休んでいるとのことで出てこなかった。顔を合わせないですむことでほっとする反面、やはり、自分のせいで、いっしょに食事を摂らないのではないかと不安もあった。

卍屋には、いつかの客、竹田がいた。

「おう、こないだの美人のお嬢ちゃん、最近、骨董の勉強をしているらしいね」

「ちっともわからなくて……」

小夜は肩を竦めた。それから、須賀井に顔を向けた。

「小父さま、いつかのお小皿、高いんですってね。千円もしないと思ったからもらったのに、きょう、お養母さまに高いって言われたわ。お養父さまもそう言ってらしたって」

「あんなもの、安いもんだ」

「でも……」

「バイト代、いらないって言うから、それじゃ、困る。もらってもらわないとな」

須賀井はこれからも、何かしら品物を渡すようなニュアンスで言った。

「私が授業料を払わないといけないんじゃないかしら。お手伝いなんて、何もしてないし……」

「小父さんは、小夜ちゃんが来てくれるだけで嬉しいんだ」

「そうだろうな。ここは女っ気なしだからな。美人さんが来ると、店主の顔がぱっと明るくなる。これ、もらわなかったのか。お嬢ちゃんは欲がないな」

竹田はガラスケースの中の高麗茶碗を指して笑った。

「まだその良さがわからないから、お養母さまに、猫に小判だって言われたの……わからないままじゃ、小父さまに申し訳ないから」

「なかなかいい子だな」

「じゃあ、きょうはお客さまもいらっしゃるし、まず、お掃除でもしてから、お勉強にします。お店のお皿を割ったりしたら怖いから、あんまり汚れてないみたいだけど、お部屋を掃除してくるわ。棚ぐらい拭かなくちゃ」

「わざわざしなくていい。週に二度はクリーンサービスに来てもらってるし」

「でも、ちょっとだけでも。その前に、お茶を淹《い》れてきます」

各階にキッチンはついている。小夜はふたりにお茶とお菓子を出した後、まず二階の居間の掃除にかかった。

掃除に来てもらっているというだけに、ひとり暮らしということもあり、綺麗に片づいている。埃《ほこり》も目立たない。小夜はテーブルを拭いて、灰皿などを置き直した。もう一室の、商品の骨董の箱などが置かれた倉庫代わりの洋室も、見やすいように整頓され、埃の積もっているようすはない。

せっかくその気になったというのに、須賀井の言葉どおり、わざわざ掃除をすることもないようで気抜けした。

小夜は三階に移った。

須賀井は、ほとんど三階で生活していると言っていた。各階でいちばん広いキッチンもついている。一度だけ彩継といっしょに三階の部屋に入ったことがあるが、すぐに食事に出かけることになっていたので、須賀井が上着を取ってくる時間しかいられなかった。

書斎の書庫には、陶器や掛け軸、絵画などの豪華本がずらりと並んでいる。机の上には時代がかった古書が数冊、置かれていた。ただ古いものを売っているだけではなく、常に学び、いかに骨董の造詣が深いかもわかるようで、小夜は、あらためて須賀井を尊敬した。

物珍しそうに書庫の本をひと通り眺めた小夜は、書斎の奥のドアを見つめた。書斎の続きだろうと思った。

ドアを開けると、ベッドがあり、寝室とわかった。他人の寝室を覗く後ろめたさに、すぐに閉めようと思ったが、ベッドの横のローテーブルに、見たことがある大きさの箱が載っている。

工房奥の蔵に並んでいた棺桶のような桐箱。それと同じような大きさだ。ただ、素っ気ない桐の箱ではなく、黒い漆《うるし》に螺鈿《らでん》の施されたきらびやかなもので、その豪華さから、いかにも高価な気がした。

その美しさに惹かれて、小夜はつい、部屋に入ってしまった。

蓋の片方が蝶番《ちょうつがい》で留められ、チェストのように上に開くようになっている。細やかな螺鈿細工の箱は、巨大な宝石箱のように見えた。

小夜は憑《つ》かれたように蓋を開けた。

その瞬間、思わず短い声が押し出された。

在りし日の胡蝶だ。目をあけてやさしい笑みを浮かべている。

「どうして？　どうしてここにいるの？」

生きているとしか思えない姿に、小夜は、すでに胡蝶が亡くなったことも忘れ、問いかけた。

「お母さま！　どうして！」

静かな笑みをたたえているだけの胡蝶に、小夜はようやく不自然さを感じた。蔵で胡蝶の生き人形を見せられたときのように、鼻の近くに手をかざした。息をしていない。恐る恐る頬に触ってみた。体温がない。そこで初めて、人形だとわかった。そして、同時に、彩継以外にこれを創ったものはいないと確信した。

（なぜ……なぜ、ここに、お母さまのお人形があるの？　そんなこと、小父さまは一言も言ってくれなかったわ。お養父さまも。なぜ……？）

蔵の中だけにしか胡蝶人形は存在しないと思っていただけに、小夜は生きているとしか思えない人形を凝視した。蔵の胡蝶人形とは別物だというのは、表情からわかる。

これがあるのなら、須賀井は自分から進んで、小夜に見せてくれてもいいのではないか。なぜ黙っていたのか。

（お母さま、どうしてここにいるの……？　どうして須賀井の小父さまのところにいるの……？）

小夜は自分に微笑《ほほえ》みかけている胡蝶を眺め、なぜ？　と繰り返した。

「見てしまったんだな……」

背後の須賀井の声に、小夜は心臓が止まりそうになった。すぐには声が出なかった。

胡蝶人形を見てしまったことより、黙って寝室に入ったことが、まじめな小夜には、とてつもない罪のように思えた。

「見てしまったんだな……よりによってそれを……」

須賀井の顔は苦悩に満ちていた。

「お掃除しようと思って……ごめんなさい……あんまりきれいな箱だったから……いつのまにか開けていたの……どうしてこうなったかわからないの……ごめんなさい……ごめんなさい」

混乱している小夜は、洟《はな》をすすった。涙が溢れてきた。どうしていいかわからなかった。

「ごめんなさい……小父さま、ごめんなさい……」

小夜は泣きながら須賀井に詫びた。

「店を閉めてくる。そこにいるんだ」

須賀井が去った。

これからどうなるのか。須賀井に叱責されるのか。彩継と須賀井の秘密なら、彩継に連絡されて折檻《せっかん》されるのか。

知ってはならなかった秘密を覗いてしまったようで、小夜は恐怖に怯えた。

須賀井は、これまでに小夜が見たこともないほど硬い顔をして戻ってきた。見知らぬ他人のような気がして、いっそう恐ろしかった。

「ごめんなさい……お養父さまには言わないで……叱られるから……小父さま、お願い」

小夜は肩を震わせて泣きじゃくった。よからぬことが起こるような気がしてならなかった。

「先生に言ったりしない。心配しなくていい。だけど、小夜ちゃんも、これを見たことは先生にも緋蝶さんにも言うんじゃないぞ。約束してくれるか？」

　小夜は泣きながら頷いた。

「緋蝶さんは、この人形の存在も知らない。先生と私だけの、ふたりの秘密だったんだ。どうしてこの人形がここにあるか、不思議に思ってるんだろう？」

　須賀井は溜息をついた。

「これを見られたからには仕方ないな……」

　決心したように深い息を吸った須賀井は、学生時代から胡蝶に惹かれていたこと、結婚した後も好きだったことを、小夜に告白した。

「だから先生に、どうしても胡蝶さんの生き人形を創ってほしいと頼んだんだ。胡蝶さんが亡くなってからは、この人形だけが私の生き甲斐だった。どんな女性にも魅力を感じなかった」

　想像もしていない須賀井の告白だった。須賀井が独身を続けているわけが、ようやく解けた。

「じゃあ、お母さまと小父さまは……」

　景太郎を裏切って胡蝶が須賀井とふたりで会っていたなどとは思えない。だが、椿屋敷に胡蝶と出かけると、ときおり、そこに須賀井がいたのを思い出した。

「小夜ちゃん、これだけは信じてほしい。お母さんとは何もなかった。手を握ったこともない。本当だ。胡蝶さんは、私が、そんな気持ちを持っていたことも知らなかったはずだ。これだけは信じてほしい。景太郎さんといっしょになってよかったと思った。結婚するとわかったときは淋《さび》しかったが、本当にいい人といっしょになったと思っていた。景太郎さんのことも尊敬している。再婚してよかったとも思っている……小夜ちゃんは、胡蝶さんにだんだん似てくるな……似てくるほどに切なくなる……」

須賀井は硬い表情を消していた。

「小父さま……このお人形、ここに来たら見せてほしいの……お養父さまの創るお人形は、本当に生きてるみたいだもの。お母さまが生きているかと思ったわ……蔵のお人形のときもそうだったわ。蔵のお母さまにびっくりしたわ」

「胡蝶さんの人形が蔵にもあるのか！」

胡蝶人形がここにあるからには、彩継がそのことを須賀井に話しているとばかり思っていた小夜は、失言に気づいた。

「知らなかったの……？　お養母さまは知らないけど、小父さまは知ってるとばかり……お養父さまに、誰にも言っちゃいけないと言われたのに……」

今さらながら両手で口を覆った小夜は、呆然とした顔をした。

「そうか……もう一体か……知らないことにしておく……大丈夫だ。決して言わない。小夜ちゃんを守る……小夜ちゃんが困るようなことはしない……どんなときでも小夜ちゃんの味方だ。何かあったら、いつでもここにおいで。夜中でもかまわない。携帯に電話してくれるといい」

「いつでも私の味方……？」

「ああ。困ったことがあったら、何でも相談するといい。緋蝶さんにも先生にも言わないから」

「本当に言わない？　お養父さまにも」

「ああ、約束する」

須賀井の言葉を信じることができる。小夜は胸につかえていたことを話すことにした。

「お養父さまは私のことを心配しすぎるの……だから、会いたい人にもなかなか会えないの……」

「そうか……好きな人ができたのか。小夜ちゃんなら、みんな好きになるはずだからな……彼氏ができてもいい年ごろだ」

須賀井は自分の歳も考えず、小夜を女として見ている自分の身の程知らずを笑った。

「あのね、お兄さん……」

「うん？　もしかして……景太郎さんが再婚した相手の息子さんか」

「そう……お養父さまは、嫌ってるの。とってもいい人なのに……だから、よけいに会えないの」

「緋蝶さんからは、とても明るい、いい青年だと聞いている。だけど、子供には気をつけないといけないぞ」

「子供……？」

小夜は首をかしげながら問い返した。

「だから、妊娠しないようにしないと、女のほうが大変なんだからな。ちゃんとアレを使ってもらえよ」

小夜は言葉の意味がわかり、頬がかっと火照った。

「そんなこと……まだそんなことしたことないわ……小父さまのばか」

須賀井の口からそんな言葉が出てくるとは思わなかった。小夜は、あまりの羞恥に背を向けた。

「まだ経験はないのか……」

「そんな……ないわ……小父さまのばか」

小夜は寝室から飛び出した。

3

「ここは、いちばんの安全地帯かもしれないな」

瑛介と小夜は、卍屋の四階にいた。

小夜が瑛介のことを告白したとき、須賀井から四階を使っていいと言われた。彩継が唐突にやってきたとしても、掃除をしていたとでも言って、小夜だけ下りてくればいいのだからと言われ、そんな方法があったのかと、ふたりは須賀井のアイデアを喜んだ。

「いつかこうやって、一日中、小夜とふたりきりでいられるようになったらいいな」

刺された傷口を縫合していた糸も取れ、瑛介の右腕から包帯どころか、絆創膏《ばんそうこう》も消えた。半袖のTシャツなので、ミミズのように盛り上がった赤い肉が見えた。小夜は触れるのも恐ろしかった。けれど、自分を守るために一生残るかもしれない傷を作った瑛介が愛おしく、恐々と傷跡に唇をつけた。

「俺もついてる。刺されてもなんてことはないところをやられたらしい。もう少し場所がずれてたら、まずかったかもな。肘なんかやられたら、たまったもんじゃないからな」

「私、逃げてしまって……何も知らなかったの……私のこと、酷いと思わないの……？」

「思い通りに動いてくれて礼を言いたいくらいさ。うちはともかく、小父さんに知られたら大変だったぞ。俺は小父さんに嫌われてるからな。小父さんは小夜を誰にも渡したくないんだ。俺だけじゃなく、すべての男に」

「まさか……」

小夜にもそれはわかっている。だが、瑛介の前で肯定するわけにはいかない。

「小夜、ふたりでいるとこんなになる」

小夜の手を取った瑛介は、ズボン越しの股間に置いた。小夜も、もう驚いたりしない。それでも、一線を越えることに、まだためらいがあった。

瑛介は小夜を抱き寄せた。自然に唇が合わさった。瑛介の舌が伸びて小夜の舌をまさぐった。小夜も舌を絡めて唾液を吸った。

彩継との間には、この行為はない。小夜は口づけのできる相手と、そうではない相手がいるのだという気がした。いくら彩継が小夜に恥ずかしいことをしても、唇は奪わない。それは、恥ずかしいことをする以上に禁じられた行為のように思えた。

初めて瑛介に口づけされたときに震えた小夜も、今ではディープキスも覚え、長い時間、楽しめるようになった。どれだけそうしていても飽きない。時には一時間以上、唇を合わせていることがあった。

小夜を倒した瑛介の手が、スカートの中に入った。

唇を合わせている小夜は声を出すことができなかった。瑛介の手を押しどけようとした。

ショーツまで伸びた手が、布越しに舟底をさすった。

くぐもった声を上げた小夜は、身をよじった。瑛介は顔を離そうとする小夜をさらに強く押しつけ、ショーツの脇から指を入れた。

ショーツをつけたまま指を入れられる羞恥に、小夜は躰を熱くして身悶えた。

指は肉のマンジュウの内側に入り、女園のぬめりを確かめるように花びらのあたりを二、三度上下に往復した。指は秘口に入り込もうとした。

「痛い！」

顔を離した小夜は、必死に身をよじった。

「いや。そんなことしちゃ、いや」

「悪かった……指で処女膜を破いたら、俺は一生後悔し続けるだろうからな」

瑛介は溜息をついた。

「嫌いじゃないのに、どうして許してくれないんだ？　いつまで大事にとっておくつもりだ？　俺とひとつになりたいと思わないのか。俺はいつだって小夜とひとつになりたいと思ってる。だから、こんなふうに、こいつが暴れるんだ」

ふたたび小夜の手を股間に導いた。

小夜が触れると、硬くなっているそれは、クイクイと頭を振り立てた。

「辛いの……？」

「ああ。辛いさ。小夜の中に入りたいのに入れなくて、相当、拗《す》ねてるぞ。男はこうなると、出さないと辛い。女には、特に、まだヴァージンの小夜にはわからないだろうけど。口でしてくれないか。小夜の口でしてもらうと、すぐにイク」

「あれを飲むのは……苦手」

口中に広がる青臭さに、小夜はどうしても吐きそうになる。最初のとき、呑み込めたのが不思議だった。二度目は飲めなかった。

「ティッシュに出せばいい」

「なんだか……そうすると悪い気がするの」

「俺がいいと言ってるんだ。その前に、小夜のあそこを見たい」

「だめ……小父さまが来たらどうするの？　それに瑛介さんのものを出したら、匂いでわかってしまうかもしれないし……ここじゃいや」

「ラブホに行くか？　どうせ小夜は断るに決まってるな」

小夜はうつむいた。

瑛介とひとつになりたい。それなのに、女になったと彩継に知られたときのことを考えると、それができない。ラブホテルに行くのも怖い。

人の目を気にせずに、やりたいことをやっている同じ年ごろの女に羨望《せんぼう》を覚えることがある。たとえ後ろ指を指されようと、自分の意志のままに動けることは幸せではないのか。大きな屋敷で自由に暮らしているようでいながら、彩継によって、目に見えない縄で雁字搦《がんじがら》めにされているような自分……。

小夜は何度も、自由になろうと思った。言いたいことを相手に伝え、いやなことはいやと言い、やりたいことはやっていく……。そんな自分に憧れた。だが、いざとなると度胸がなくなる。いい子でいたいと思う分、不幸になっていくとわかっていても、今の小夜には、まだ自由に羽ばたく勇気はなかった。

「小父さんのことを気にして、俺とできないんじゃないか？」

小夜は言葉の意味を探ろうとした。彩継のことを出されると冷静でいられなくなる。

「お養父さまと関係があるはずがないでしょう？」

「いつか、下の毛がなかったな。小父さんにされたんじゃないのか。小母さんもツルツルだった。だから、小夜にも」

小夜の全身が熱くなった。

「そんなこと言わないで。言わないで……」

「二度と口にするつもりはなかった。だけど、どうしても不自然だ。自分であんなところを、一本残らず抜くはずがない」

ドクドクと心臓が音を立てている。触れられたくないことだった。しかし、容易に瑛介が忘れるはずがないということもわかっていた。

「小父さんか。そうなのか」

そうだと言えるはずがない。小夜は瑛介の前から消えたかった。

「お養父さまが、そんなことするはずがないでしょう……？　自分で……したの」

耳朶《じだ》が赤くなっていくのがわかった。

「自分で……？　まさか」

瑛介が笑った。

「私……大人になるのが怖いの……だから、子供のままでいたいと思ったの……躰が変わってきて、乳房が大きくなってきて、生理も始まって……あそこにはあんなものが生えてきて……全部いやだったの……大人になるのが怖い……だから、ヴァージンをなくすのも怖い……大人になりたくないの」

半分は本当だ。躰の変化につれて、自分の中に巣くっている妖しい血を感じるようになった。人の目も気になるようになった。大人になっていくだけ、周囲の男達にも影響を及ぼしていくのがわかる。

兄妹でいればうまくいくだろうに、瑛介には愛を告白された。父親のはずだった彩継にも女にされそうになった。行きずりの男だったはずの三人の男には目をつけられ、些細《ささい》なことから瑛介は腕を刺されてしまった。

自分のために周囲の者達は禍《わざわい》に巻き込まれていく。小夜は自分の存在が怖かった。人を不幸にしかできないのではないかと恐れた。

女になってしまったらどうなるのか。いっそう、よからぬことが起こってしまうのではないかとしか思えない。

小夜にとって女になるということは、単に男を知るとか、処女膜に傷がつくとかいうことではなく、それからの運命が大きく変化する分かれ目のときになる。それだけに、なかなか決心がつかない。

彩継の存在も大きい。彩継に知られたとき、ことは悪いほうに傾いていくような気がしてならない。

「大人になりたくない……？　なぜだ。俺は早く大人になりたい。独り立ちしたい。いくらあそこをつるつるにしたって、小夜は大人になるんだ。今度は十七になるんだ。俺は中二で女を知った。小夜も早く大人になれ。一度抱かれれば、こんなものかと思うさ。なぜ拘っていたのかと思うさ」

瑛介の目が獣になってきた。

「オクチでするから……だから、ここでしないで……初めてのときは、周囲を気にしないでしたいの……一生に一度のことだから、大事にしたいの。焦ってしたくないの。今だって、いつ卍の小父さまがやってくるか、気になってしかたないわ……私は瑛介さんといっしょにいて、お話しするだけでも楽しいわ。いっしょにいられるだけでいいの。あんなこと……しなくてもいいの」

「俺は小夜とぴったりとくっついていたい。もっともっと近づきたい。小夜の中に入っていきたい。こいつもそう言ってる。苦しいと悲鳴を上げてる。なだめてくれと言ってる。このままじゃ、やりきれないと言ってる」

瑛介は股間の勃起に手を当てた。

小夜は瑛介のベルトを外し、ズボンをずり下げた。腹に着きそうなほど勢いよく弓形に反り返っている肉茎の先から、透明液が溢れている。

瑛介が横になった。

小夜は亀頭に口づけ、透明液を舌で清めた。

肉茎を握り、口に含み、頭を上下させた。瑛介のものは愛しい。だが、この硬く太いものが女の秘所に入っていくと思うと、指さえ入らない部分だけに怖い。

ただ頭を前後させ、唇で側面をしごきたてる。顎が疲れると、亀頭や鈴口にキスをする。それだけしかできなかった。

「速くしてくれ。すぐに行く。疲れたら手でもいい」

小夜は頭を動かす速度を増した。唾液が溜まってくる。顎も疲れてくる。早く達してくれないかと思った。

「小夜、もうすぐだ……」

瑛介の声に励まされ、最後の力を振り絞るようにして、小夜は頭を動かした。

瑛介の唇から短い声が洩れ、多量の樹液が小夜の喉に向かって飛び散った。

小夜は息を止めた。飲もうか飲むまいかと迷った。飲んでやりたいが苦手なだけに苦しい。

「ここに出せよ」

瑛介がティッシュを顔の近くに差し出した。出してしまおうかと思ったとき、電話が鳴った。一回鳴って、すぐに切れ、また鳴った。それもコールは一回きりだった。

小夜は樹液を呑み込んだ。

彩継が唐突に店にやってきたときの、須賀井からの合図だった。

「隠れて！」

小夜は泣きそうな声で言った。

「ここまで来やしないさ。だけど、下に行ったら匂いでばれるぞ。口をすすいでおけ」

さっと立ち上がって下着とズボンを上げた瑛介は、キッチンに向かって顎をしゃくった。

「掃除をしていたと言うんだ。ここの小父さんもうまくやってくれる」

小夜はキッチンに向かおうとして、また躰をまわし、ふたつのコーヒーカップを手に、キッチンに向かった。

小夜がキッチンでカップを洗っていると、彩継がやってきた。

「あら、お養父さま……どうしたの？」

小夜は、彩継が来たことを、たった今まで知らなかったという顔をして、全身で驚いてみせた。だが、こんなにも早く彩継が現れるとは思わなかっただけに、不意打ちを食らった気がして動揺は隠せない。須賀井の合図から、わずか一分も経っていないように思えた。すぐに四階まで上がってきたのだろうか。なぜ四階とわかったのだろう。彩継の息は弾んでいる。

「どうしたの？　お養父さま……何かあったの？」

小夜はできるだけ長くここに彩継を引き留めておかなければと思った。けれど、彩継に知られずに瑛介がここを出ていくことは不可能だ。小さなキッチンは出入口近くについている。

「誰かいたのか」

小夜は洗い物をした直後の手が震えそうになった。

「どうして……？」

「コーヒーカップがふたつだ」

「先生、どうしたんです？　何かあったんですか？」

須賀井がやってきた。

「誰かいたのか？」

「小夜ちゃんだけですよ。見ればわかるでしょう？　いや、私がいますけどね。どうしたんです。急に来て、小夜ちゃんがいるかどうか訊いて、掃除をしてもらってると言ったら、駆け上がっていくんですから。何かあったんですか？」

「コーヒーカップが二つだから誰かいたのかって……」

須賀井の芝居に助けられ、小夜は救いの目を向けた。

「私と小夜ちゃんが、さっき、コーヒーを飲んだだけじゃないですか」

「さっき？　小夜はたった今、洗ったんだ」

小夜は不安に、おかしくなりそうだった。

「さっき、コーヒーを飲んでいたら、お客さんが見えたんです。お客さんが入ってきたら、赤外線で探知して知らせてくれるのは、先生もご存じでしょう？　それで、私はコーヒーを残したまま下りていったんです。冷たくなってしまったから、捨ててくれたんだろう？　なかなか戻ってこなかったもんな。小夜ちゃんは掃除もしてくれるんです。先生、いったいどうしたんですか？　何かあったんですか？」

彩継はキッチンから離れ、四階にある三部屋を見まわった。

小夜はもうだめだと観念した。だが、不思議なことに、瑛介はいなかった。

「先生、どうしたんです。尋常じゃないですよ……小夜ちゃん、居間に三人分のお茶の用意をしてくれないか。お菓子もな。すぐに行くから」

須賀井は小夜を部屋から出した。

「先生、小夜ちゃんが、すっかり怯えていたじゃありませんか。どうしたんです。どういうことなんです」

「もしかして、小夜はここにいないかと思っていた」

「いたでしょう？　どういうことなんです」

「小夜を狙っている男は多い。小夜に何かあったらと思うと、居ても立ってもいられなくなった」

「ここにいたのがわかったら、それでいいじゃありませんか。それを家捜しするような目をして」

「男といたら大変だからな」

「先生、尋常じゃありませんよ。小夜ちゃんは、もう高校二年生じゃありませんか。ボーイ・フレンドのひとりやふたりがいてもおかしくない歳ですよ。いくら娘だからといって、束縛しちゃいけませんよ。小夜ちゃんが可哀想です」

「小夜は特別な女だ。私は世界が認めてくれる生き人形を何体も創ってきたが、どの人形も小夜には劣る。おまえは生きている世間の女より、私の創った胡蝶の人形を気に入ってくれている。ああ、私の人形に魅せられ、魂を奪われる男は多い。私は生きている女以上に魅力のある人形を創り、命を吹き込んできた。しかし、どんな人形より、私にとっては生きている小夜がいちばん素晴らしい。小夜は私の命だ。誰にも渡せない」

「小夜ちゃんは、いずれ、誰かを好きになって嫁いでいきます。ともかく、いつかは別の男のものになるんです」

「いいや、誰にも渡さない」

彩継は、きっぱりと言った。

「おまえさえ、小夜を好きだと告白したんだ。娘というにふさわしい歳の小夜を好きだとな。

だけど、私とおまえは長いつきあいだ。好きでたまらなかった胡蝶に手を出すどころか、胡蝶にその気配も見せなかったのも知っている。だから、まだ子供の小夜に手を出したりしないだろうと信じている。信じているから、ここにだけはひとりで来させもするんだ。おまえは、私を裏切るようなことはしない。そうだな？」

「ええ、そうです。だから、きょうのようなことは二度としないでください。怯えていた小夜ちゃんを見て、可哀想だと思いませんか？　先生の被害妄想です。個展のために、最近は閉じこもって仕事をしていることが多いと、緋蝶さんから聞いています。仕事で疲れているんです。だめですよ、いくら何でも気分転換しないと。お茶を飲んで落ち着いてください。小夜ちゃんの淹れるお茶は美味いですからね。さあ、二階に行きましょう」

須賀井は彩継を連れ出した。

「先生、やっぱり気分転換をしないといけませんよ。美味い飯を食べに行きましょう。緋蝶さんを呼びますよ」

彩継は行こうとも言わなかったが、行かないとも言わなかった。

須賀井はすぐに緋蝶を呼び出した。

揃ったところで料亭に行った。

異常な彩継と、消えた瑛介のことが心配で、小夜は食事の間中、気もそぞろだった。

翌日、須賀井の店に行くのがはばかられたが、小夜は午後から出かけた。毎日、須賀井の店に通っていたわけではないが、じっとしていることができなかった。

店に着く前に、電話ボックスから瑛介に電話した。

「ごめんなさい……あれから、お養母さまも呼んで、食事に行ったの。瑛介さんのことが気になってたけど……どこにいたの？」

「奥の部屋の押入さ。やばいところだったな。食事に出かける前、卍屋の小父さんがやってきて、鍵を渡してくれた。後で出ていくといいと。だけど、俺はずっとあそこにいた。もしかして、あとで卍屋の小父さんといっしょに、小夜が戻ってくるかもしれないと思って」

「ずっと待ってたの……？　ごめんなさい……食事が終わったら、お養父さま達と、いっしょに家に帰るしかなかったの」

「いいんだ。俺が勝手に待ってただけだ。だけど、小父さんの束縛、普通じゃないぞ。わかってるだろう？」

「心配してくれてるの……」

「いいや、ちがう。世界中の男を敵だと思ってるんだ。だけど、卍屋の小父さんのことは意外だった。小夜ちゃんのお母さんを好きだったようだな」

なぜ知っているのだと、小夜は驚いた。だが、知らない振りをした。

「そんな……嘘でしょう？」

「隠れていた押入の前で、小父さんがそう言ったんだ。そして、もっと驚くことがあった。卍屋の小父さんは、今は小夜ちゃんが好きだそうだ。親子ほど歳が離れているというのに」

「そんなはずはないわ……」

須賀井は、小夜を守る、と言った。小夜が困るようなことはしないとも言った。どんなときでも小夜の味方だとも言った。

だが、とうてい愛の告白とは思えなかった。須賀井が死ぬまで愛し続けた胡蝶の娘として、小夜を守ってやりたいと思っているのだとしか思えなかった。自分が須賀井の恋愛の対象になるなど信じられない。

「須賀井の小父さまは、瑛介さんと私が会えるように、お部屋も貸してくれたわ。昨日だって、お養父さまに嘘をついてまで守ってくれたわ。どうして、そんな小父さまが……それに、小父さまからしたら、私は子供みたいなものなの」

「小夜はみんなを魅了するんだ。俺も一目惚《ひとめぼ》れだった。父親になったはずの小父さんだって、小夜を娘とは思っていない。ひとりの女なんだ。だったら、卍屋の小父さんが、小夜を女と見てもおかしくないだろう？」

「そんなことないわ……そんなこと、言わないで……小父さまは小父さま……お養父さまはお養父さまよ」

　小夜は瑛介にというより、自分に言い聞かせていた。

「小夜、俺は、もう待たないぞ。小夜は小父さんに……そう、今の父親に、いつか女にされる。それがわかっていて、指を咥えて見ていられるか？」

「そんなことないわ。そんなこと、言わないで」

「抱いてくれと言ってくれ。なあ、小夜、どうして拒む。どうしてだ」

　電話の向こうで瑛介が苦悩している。小夜は決断できずに、受話器を握りしめていた。

第五章　深紅の薔薇

1

地上の生き物を焼き尽くすかのように、真夏の太陽が頭上で輝いている。例年にない暑さだ。

東京のデパートでの個展を終えた彩継は、肩の荷が下りたのか、終日、死んだように眠っていた。

だが、眠りから覚めると、小夜に、これまでより、いっそう強い視線を向けた。養女として椿屋敷に迎え入れられたときとは、明らかにちがう視線だ。

緋蝶がいないところでは、小夜はできるだけ彩継に近づかないようにしていた。

部屋で勉強していると、軽いノックの後、返事も待たずに彩継が入ってきた。

「お養父さま、なあに……？」

「夏休みも半分以上過ぎたな。個展も終わった。骨休めをかねて、別荘にでも行こうと思うんだ」

「別荘？　軽井沢にあったものは売ったと、お養母さまから聞いているわ。お養父さまは、ここが気に入っているから、わざわざ軽井沢に行って仕事をすることもないとおっしゃったって」

「ああ、ここは最高だ。だけど、たまには変わった場所でゆっくりするのもいい。私の人形を気に入ってくれている人が、北海道の別荘を安く譲ると言ってくれて、ただみたいなものだったから、写真を見て買うことにした。山の中の静かな別荘だ。そこに小夜と行きたいと思ってる」

「お養母さまもでしょう？」

「いや、ふたりだ。ここは事務所も兼ねている。長く空けるわけにはいかない。留守番がいる」

「お養母さまが行かないなら、瑠璃子を誘っていい？」

小夜は危険を感じ、とっさに瑠璃子の名前を出していた。

「いや、小夜だけだ」

「どうして……？　人数が多いほうが楽しいでしょう？」

「遊びに行くんじゃない。二年後か、三年後か、あるいは、もっと先のことになるかわからないが、小夜人形だけを展示する個展をひらきたい。眠っている小夜、笑っている小夜、すましている小夜……いろんな小夜の人形を創りたい。だから、小夜だけを見て暮らす。どんな人形にしたらいいか、小夜を見ながら考えるんだ。小夜の人形だけ創って展示すれば、最高の個展になるだろう」

「でも、お養母さまもいたほうがいいでしょう？」

「小夜だけでいい。誰にも邪魔されたくない。大人の小夜も創りたいからな」

「大人の私……？」

「そうだ、今まで創った二体は、どちらも子供だった。今度は、大人の小夜を創る。男を知らない小夜ではなく、女になった小夜だ」

彩継の息が弾んでいる。彩継の全身から獣の熱が放たれている。

小夜は椅子から立ち上がって後じさった。

「小夜、もう待てないんだ。おまえのことを忘れようと、先日の個展までは寝るのも惜しんで働いた。それでも、同じ屋根の下に住んでいる以上、毎日、おまえを目にすることになる。おまえを見るたびに、おまえが野獣に犯されている妄想に苛《さいな》まれ、卍の家で誰かと睦《むつ》み合っている姿が浮かんできて、振り払おうにも振り払えずに飛んでいった」

　彩継はまっすぐに小夜を見つめ、まばたきさえしなかった。

「須賀井の小父さま以外、誰もいなかったでしょう……？」

「しかし、いつかは誰かがおまえに触れる。きょうかもしれない。明日かもしれない。そんなことを考えると、私は狂いそうになる。だから」

「いやっ！　来ないで！」

「また舌を噛むと言うのか。舌を噛んだぐらいじゃ死なないんだ。あのときはおまえの気持ちを察して引き下がったが、きょうはだめだ」

　小夜の総身が粟立った。

　小夜を抱こうとしたいつかの彩継は、死を口にした小夜に恐れをなし、主人ではなく僕《しもべ》のように跪いた。力関係が逆転した。しかし、目の前の彩継は、何があっても決して動じないのがわかる。以前のように、絶対的な力を誇示している。

「お養母さまは……？」

　小夜は震える声で訊いた。

　出かけるとき、緋蝶は必ず声をかけていく。屋敷に緋蝶がいるにも拘わらず、彩継は、
を手にかけようというのだろうか。

「蔵に閉じ込めてきた。自分で出てくるわけにはいかない。

彩継は歪んだ笑みを浮かべた。

「小夜、おまえは私の娘だ。そして、私だけの女だ

小夜は後じさった。だが、部屋から逃げられるはずが

ドアを背にした彩継が、少しずつ近づいてくる。小夜は小

った。

「小夜……私がどんなにおまえを愛しているかわかるだろう? おまえの

いる……おまえは美しすぎる……ここに来てから、眩《まぶ》しいほどに輝いてきた。お

父親さえもそう言った……ああ、おまえは美しくなりすぎた……新しい父である私さ

しているんだ」

「そんな……誘惑なんて……お養父さま、いや……来ないで……小夜は、ずっとお養父さまの娘です」

「そうだ、ずっと娘だ。ずっとここにいるんだ。誰にも渡さない」

血走った彩継の目を見ていると目眩がする。このまま倒れてしまいそうだ。小夜の心臓は躰を揺らすほどに高鳴っていた。

「おいで。来ないなら手を貸そう」

彩継は部屋の隅に小夜を追いつめておきながら、ことさらやさしい口調で言うと、右手を

差し出した。

「ベッドもいいが、もっと広い座敷でふたりで過ごそう。女の印のついたシーツは私の宝になるだろう。小夜、おいで。やさしくしてやる」

「いや！　だめっ！　ヒッ！」

手を捕まれた瞬間、小夜は喉が裂けるような悲鳴を上げた。

「怖がることはない。たった一度の儀式だ。アソコの毛を抜かれたときも、濡れていたじゃないか。女になれば、もっと気持ちよくなれる。おまえの知らない世界を教えてやる。緋蝶が、あのとき、どんなにいい顔をするか、どんなにいい声を出すか、しっかりと覗いただろう？　大人の世界がどんな奥深いものか知ってもらいたくて、あの日、おまえにわざわざ覗かせたんだ。おまえなら、緋蝶以上にいい気持ちになれるだろう。おまえの躰は極上だからな。恥ずかしいことをされると濡れるおまえが愛しい。何でも教えてやる。おまえの躰を溶かしてやる。私の手で女にして、あらゆる悦びを教えてやる」

「いやっ！　放して！　いやあ！」

小夜はありったけの声で叫んだ。

彩継の手は放れない。まるで紙屑《かみくず》のように軽々と引っ張られていく。

奥の座敷に連れて行かれた。

すでに布団が敷かれ、枕がふたつ並んでいた。

「緋蝶は出てこない。出ようにも出られないんだからな。何も気にしなくていい。これからはふたりだけの時間だ」

「いやっ！」

どう頑張ってみても、彩継の力にはかなわない。後は力でねじ伏せられ、彩継の硬い肉茎で中心を貫かれるのだ。

「待って！ 逆らいません！ 私もお養父さまが好き。だから、シャワーを浴びさせて。このままはいや！ きれいな私を抱いて！」

小夜は強引に服を脱がされようとしたとき、そう叫んだ。

「このままはいや。あそこにキスだってしてくれるんでしょう？ お養父さまのオクチが好き。オユビも好き。たった一度の儀式なら、そんなに乱暴にしないで。やさしくして。お風呂で全部洗って。うんときれいにしてから抱いて。お風呂にいっぱいお湯を入れて」

小夜はしゃくり上げた。

「全部洗ってくれと言うのか」

「全部……全部、洗って……あそこも背中も指も……全部」

小夜は肩を震わせながら哀願した。

「そうだな、たった一度の儀式だ。全部洗ってやる。だけど、本当は、このままがいいんだ。小夜の匂いのする躰が」

「いや……最初だけは……きれいにしてから抱いて」

「最初だけは、か。小夜、おまえは何と可愛い女だ。ああ、洗ってやる。アソコも背中も乳房も、足の指の間も、すべて」

小夜は自分から浴室に向かった。脱衣場に入ると、彩継を背後に感じ、さっとストッキングを脱いだ。

振り向くと、彩継の顔がなごんでいる。

「お風呂、一杯にして。一杯になるまで、ここでキスをして……恥ずかしいところに、たくさんキスをして……初めてのときは痛いって聞いたから」

「大丈夫だ。時間をかけてゆっくりとしてやる。痛くないようにしてやる。よく言うことを聞いてくれた。いい子だ」

「お養父さまに愛されているのはわかっています……」

小夜は薄いブルーのワンピースを脱ごうと、背中に手を回した。

「お養父さま、お湯を入れて……あんまり熱くしないでね」

「ああ、外は水浴びでもしたいほどの暑さだ。ぬるめがいい」

彩継が浴室に入った。

すっかり油断している彩継が浴室の奥に向かい、湯船に栓をしようとしたとき、小夜は浴室のドアを閉め、脱衣場から出て、またそのドアを閉め、駆け出した。

賭《かけ》だ。追いつかれたら強引に女にされる。逃げなければならない。

「小夜！」

背後で彩継の怒号がした。

小夜は振り返らず、玄関に走った。ドアを開けて飛び出した。

門扉に向かわず、瑛介がときどき侵入していたと言っていた池の近くの椿の植え込みに向かった。彩継は小夜が門扉に向かうと思うだろう。門扉より瑛介の出入りしている方に向かう方が、途中で隠れるところも多い。一気に逃げおおせないとわかれば、茂みの間に隠れ、屋敷の外に出る機会を窺《うかが》うこともできる。

「小夜！」

彩継の声がした。

小夜の期待どおり門扉に向かったとわかった。

小夜は走り続けた。

わずかに隙間の空いた植え込みまで来たとき、助かったと思った。だが、初めて素足に気づいて愕然とした。玄関を飛び出すのがやっとで、靴を履く暇などなかった。不自然すぎて、裸足《はだし》で外を歩くわけにはいかない。

脱衣場でストッキングを脱いだのは、彩継を騙すためだった。服は脱ぐつもりもなかった。脱ぐ振りをしただけだ。そこまでは成功したというのに、裸足ではどうすることもできない。

困惑していると、やがて、彩継が屋敷の外の角を曲がってやってきた。息を弾ませている。周囲を走りまわり、小夜を探しているのだ。

小夜は彩継との距離を考え、大丈夫だと判断し、玄関に向かった。

玄関は開け放たれている。

サンダルを手にした小夜は、また、隙間の空いた植え込みまで戻った。外にいた彩継の姿はない。だが、近くにいる可能性もある。

「小夜！　小夜！」

哀しげな声がした。また屋敷に戻ったのがわかった。

「小夜！」

小夜は耳を塞いだ。

サンダルを履き、植え込みの間から外に出た。

タクシーがやってきた。

小夜は手を挙げた。

タクシーが止まった。

お金はなかった。スカートのポケットにハンカチが入っているだけで、何もない。

歩いて実家に戻るには時間がかかる。徒歩では無理だ。着いてからお金を払ってもらうつもりだ。

だが、しばらく経ったとき、景太郎や愛子に、どう話せばいいのかと、途方に暮れた。躰ひとつで戻ってきた小夜を、景太郎や愛子はどう思うだろう。

それなら瑛介だけに連絡したい。だが、電話ボックスはあっても、十円玉さえない。携帯電話を持っていないことが、初めて惨めに思えた。

小夜は目的地を須賀井の店に変えた。

卍屋に飛び込んで、タクシー代がないと言うと、須賀井は運転手に多めの金を払った。

「さっき、先生から電話があった。どうしたんだ。先生の声は尋常じゃなかった。すぐ知らせてやろう。心配してたぞ」

「だめ！　私が来たことは言わないで！」

ふいに堪えていたものが溢れ出し、小夜は号泣した。

「上に行こう」

須賀井は小夜を抱きかかえるようにして付き添い、三階の寝室に入れ、小夜を休ませた。

「男やもめに蛆《うじ》が湧くって言葉は知ってるか？　だけど、シーツも、二、三日に一度は替えてもらってる。替えたばかりだからきれいだ。少し眠るといい。店を閉めると先生に怪しまれるから、店に出ているからな。もし、先生が急にやってくると困る。だけど、警察にでも連絡されると困るぞ。まあ、夜になって帰れば大丈夫だろう」

「帰らない……今夜は帰らない……お養父さまに言わないで。ここにいるって言わないで」

「だけどな」

「いや……」

「わかった。言わない。外をよく見ておこう。先生が来たら、すぐに合図する。クロゼットに隠れるんだ。ベッドのぬくもりに気づかれたら、クロゼットも探されるかもしれないが、いくら何でも、他人の家だ。そこまではしないだろう。大丈夫だ。だけど、後のことを考えておかないとな」

須賀井はそれ以上のことは訊かずに、寝室から出ていった。

小夜はしばらく泣いていた。

これからどうしたらいいかわからない。ただ、自分の中ではっきりと言えるのは、彩継の愛に報いることはできないということだ。彩継を憎むことはできない。彩継の愛もわかる。

彩継の指や口を待つようになっていた自分がいる。しかし、それは男女の直接の営みの手前までの行為だ。

瑛介に連絡を取りたい。瑛介の胸で泣きたい。瑛介に抱いてもらいたい。なぜ、さっさと抱かれておかなかったのか。けれど、その後の彩継を思うと怖かった。

相手が瑛介とわかったとき、彩継は瑛介を殺すのではないか……。

その可能性が捨てきれないほど、彩継の小夜への思いは強い。瑛介の身に何かがあったら、瑛介だけでなく、景太郎にも迷惑をかける。瑛介の実の母である愛子を哀しませる。

考えるほどに身動きがとれなくなる。いっそ、死んでしまいたいと思った。

ベッドに横になっても眠りは訪れない。自分を呼ぶ彩継の悲痛な声が甦り、哀れみだけがこみ上げてくる。なぜか怒りは微塵《みじん》もない。

不幸な彩継のために新たな涙が溢れてきた。

どれほどの時間が経ったか、物音がした。

小夜は身構えた。

「私だ」

外からの須賀井の声に肩の力が抜けた。

「眠れなかったのか」

小夜は頷いた。

「可哀想に……目が赤くなってるぞ。あれから何度も先生から電話があった。まずいことになる。連絡だけはしたほうがいい」

小夜は首を横に振った。

「誰とは言えないが友達の家に泊まるから、探さないでくれとでも電話しておくといい。何も言わないままでいると、事故に遭ったと思うかもしれない。何があったか知らないが、先生の心配もわかってやったほうがいい。あちこちに電話しているようだ。相当、辛そうだ。今まで、あんな先生の声は聞いたことがない」

「お養母さまは……？」

「出かけているから何も知らないということだ」

緋蝶は蔵の中だ。彩継は、このことを緋蝶に言えるはずがない。緋蝶を蔵に残して、必死で小夜の居場所を探しているのだ。置き去りにされている緋蝶のことも心配になった。

「かけてもいいけど……ここにいることは言いたくないの……今夜は帰りたくないの」

「明日は帰るようにしたほうがいい」

須賀井に電話を差し出されると、小夜は動悸がした。気が重かった。

すぐに彩継が出た。

「小夜！　どこにいる！」

　悲鳴にも似た、縋るような声だ。

「お友達の家……瑠璃子のところじゃないわ……今夜は帰らないけど心配しないで。明日の夜には……明日の夜には帰ります……お養母さまにも、急に出かけたと……うまく言って……」

「すぐに戻ってこい！　頼む！　どこにいる。小夜、どこにいるんだ」

「心配しないで。ちゃんと女のお友達だから」

　小夜は電話を切った。これ以上、彩継の声を聞くのは辛すぎる。

「何があったか、だいたい想像はつく。先生は小夜ちゃんが好きなんだ。もちろん、父親として……だから、小夜ちゃんを束縛したがるんだ……度が過ぎると思ってる。だけど、それだけ心配なんだ。心配でならないんだ。な、それは、わかってやれよ」

　須賀井の言葉はやさしすぎる。

　母の胡蝶を愛しながら、何も告げられず、人妻になっても慕い続け、彩継の創った胡蝶人形を愛していた須賀井。小夜は、彩継が須賀井のような男だったら、こんな哀しい思いはしなくてすんだだろうと思った。

「小父さま……私が、まだヴァージンだからいけないの……そうよね？　だから、お養父さまはおかしくなるの……私が男の人をたくさん知っていたとしたら、きっと、お養父さまは、今のようにはならなかったわ」

「何を言うんだ……そんなことは関係ないさ。先生は、一生、小夜ちゃんのことを心配して暮らすさ。愛されすぎると困るな。小夜ちゃんはいい子だからな」

須賀井は小夜の頭を撫でた。

「いい子？　子供と思う？　だったら、どうして、小父さまは私のことを女として好きなの？」

「何を言うんだ……」

須賀井の困惑が見て取れた。

「瑛介さんが聞いてしまったの。いつか四階の押入に隠れていたとき、その前で、お養父さまと小父さまが話しているのを……それを教えてくれたの」

須賀井は深い息を吐いた。

「大丈夫だ……何もしない。心配しないでここにいろ。ふたりでいても、何もしないから大丈夫だ」

須賀井は小夜を安心させるように、ゆっくりと言った。

「わかってるわ。小父さまは私に何もしないって。瑛介さんが何も聞いていなかったら、亡くなったお母さまのように、私も小父さまに、そういう気持ちを持たれていたってことを知らないままに生きていったのよ……」

「小夜ちゃん……瑛介君の言ったことは忘れろ……今までどおりだ。私はただの骨董屋の小父さんだ。な？」

須賀井は無理に笑おうとしている。

「どうしてそんなにやさしいの？　そんなにやさしいのに結婚していないなんて……お母さまのこと、そんなに好きだったの？」

「きれいでやさしくていい人だった……昔からそうだった。菩薩《ぼさつ》のような人だった」

須賀井は遠くを見るような目をして言った。

「でも、小父さまだって、女の人を知らないわけじゃないでしょう？」

「ああ、知ってるさ」

「ヴァージンは？」

「残念ながら知らないな。学生時代から、好きな人は胡蝶さんだけだった。だから、恋愛はしていない。男だから、金で遊ぶんだ。軽蔑していいんだぞ」

小夜は首を振った。

「小父さま、今は私のことが好き？　本当に女として好きなの？　教えて」

「そんなこと、どうでもいいじゃないか……」

「教えて」

「どうしようもないんだ……人を好きになるってことは厄介だな。胡蝶さんの次は……よりによって、その娘の小夜ちゃんとはな……歳を考えろといいたいだろう？　わかってる。だけど、人の気持ちというのは……どうしようもないんだ。だから、どんなことがあっても、小夜ちゃんを守りたい。私にできることなら、何でもしてやりたい。幸せになってもらいたい。小夜ちゃんが望むことなら叶《かな》えてやりたい……小夜ちゃんが、小夜ちゃんの好きな男といっしょになって幸せになってくれることが、私のいちばんの望みだ。きょうのような小夜ちゃんの顔を見るのは辛い」

「私が望むことなら、何でも叶えてくれるのね……？　信じていいの？」

須賀井は、はっきりと頷いた。

「じゃあ、私を今、女にして。抱いて」

須賀井は息を呑んだ。

「私が望むことは、何でも叶えてくれると言ったわ」

なぜ須賀井に抱かれようと思ったのか……。瑛介以外に抱かれる相手はいないと思っていた。けれど、須賀井のやさしさに心が動いた。瑛介に対する感情とは、別の感情だ。

胡蝶を愛し、見守り続けた須賀井。今も小夜を見守ろうとしている。だが、小夜は須賀井しか最初の相手はいないと思った。

須賀井が最初の男なら、瑛介にも景太郎にも愛子にも迷惑はかからない。しかし、そんな計算から須賀井を求めているのではなかった。須賀井に一生で一度だけの儀式をしてもらいたい。死んで須賀井の気持ちを知っただろう胡蝶も、それを望んでいるような気がしてきた。

「今……たった今、私を抱いて」

「何を言ってるのかわかってるのか……何があったか知らないが、もっと自分を大事にしないとな。まだ高校生じゃないか」

「いまどきは中学生だって」

「人は人、自分は自分だ。小夜ちゃんにはそういう言葉は似合わない」

「小父さまは、私のことなんて何も知らないのよ。知らないから、そんなことを言うのよ」

小夜は、いっそ、これまでのことを、全部、話してしまいたかった。

「自分にわからないことでも、他人にはわかることがある。その逆もあるけどな」

「きょうは帰らないわ。だからここに置いて」

「ああ、いちおう小夜ちゃん自身が先生に連絡したんだから、警察に捜索願は出さないだろうし、今夜だけなら置いてやる」

「抱いてくれるのね……？」

「それとは別だ。そんなことはできない」

「好きだって言ったわ。好きならそうしてくれるはずよ。好きなんて嘘ね。どうせ、私のこと、子供としか思っていないくせに」

小夜はいつになく食い下がった。

「好きだから大事にしたいんじゃないか。守ってやりたいんじゃないか」

「好きなら、ちゃんと抱いて」

「だめだ！」

「嘘つき！」

須賀井は柔和さを消し、かつてない厳しさで、ぴしゃりと言った。

小夜は怒りと哀しみの入り交じった目で須賀井を見つめた。

「抱かれるなら好きな男に抱かれろ。でないと、後で後悔することになる」

「今、小父さまに抱かれないと後悔するの。一生後悔することになるから、こうして小父さまにお願いしてるのに。今でないとだめなの。明日じゃ遅いの」

もし、明日、屋敷に帰れば、彩継は、きょうのような隙を見せず、二度と同じ失敗を繰り返さないようにして小夜を抱くだろう。だが、彩継にだけは処女を渡すわけにはいかない。

「小父さまが抱いてくれないなら……見知らぬ人だっていいの……街に出てボーッとしていたら、誰かが声をかけてくれるわ。小父さまがだめなら、その人に抱いてもらいます」

「私の気持ちがわかるか？　わからないだろう？　わからないからそんな残酷なことが言えるんだ。本当は殴りたいほど腹が立っている」

「だったら殴ればいいのに……小父さまはやさしすぎるからいけないの。でも、やさしすぎるのはやさしいんじゃなくて、残酷なのよ。私より小父さまのほうが、うんと残酷なのよ」

そうだ、やさしすぎることは残酷なのだと、小夜は口にして初めて実感した。

「私に幸せになってもらいたいって言ったくせに、小父さまは私が望むことをしてくれないわ」

「なぜ、私に抱いてくれなどと言うんだ……おかしいじゃないか……好きな男がいるくせに……瑛介君という立派な青年がいるじゃないか」

「瑛介さんは私のお兄さん……今は、私の実の父の息子になっているのよ」

「血は繋《つな》がっていない。いいじゃないか」

「そんな簡単なことじゃないの……だから、最初は小父さまに抱いてほしいの」

「好きな男に抱かれてからだ。その後なら……」

須賀井の言葉に少しだけ変化が表れた。

「瑛介さんに抱かれた後なら、小父さまが抱いてくれるというの？　約束してくれるの？　ね、返事して」

「なぜだ……？　何を言ってるかわかっているのか」

「わかっています。約束して。でないと、私、本当に今から、知らない人とどこかに行くわ……きょうの私は弱虫じゃないわ」

たった今、決断して行動しなければ、一生後悔するのだと、小夜は思った。

「そんなに思いつめているのは先生か……先生のせいか……先生が」

「言わないで。何も言わないで。今は言わないで」

小夜は須賀井の、次の言葉を遮った。

「約束してくれるのね？」

須賀井が力なく頷いた。ただ小夜の願いを聞き入れるだけで、その行為は本意ではないと言っている。

「小父さまが約束を破ったら、私、二度と柳瀬の屋敷には戻らないわ。お養父さまだけでなく、お養母さまも哀しむわ。深谷の家にも戻りません」

「小夜ちゃんが何を考えているのかわからない。瑛介君に抱かれたら、私に抱かれる意味はないはずだ」

「私にはあるの。ちゃんとあるの。これから瑛介さんと会うわ。その後、また戻ってきます。だから、待ってて。それから……少し、お金を貸して……何も持ってきてないの。ポケットに入ってたハンカチ一枚だけ……コンビニで着替えの下着も買いたいし……」

「大きい金より小銭がいいだろう？」

須賀井は五千円札二枚と、千円札を十枚渡した。

「こんなにいらないわ」

「邪魔にはならないだろう？　持って行け」

「小父さまは昔から、私には渡し過ぎね」

小夜はいつもの顔に戻って、唇をゆるめた。須賀井もいつもの顔に戻っていた。

「今、三時だから、八時か九時には戻ってきます。瑛介さんが外泊すると、お養父さまに、私といたって勘ぐられるから、早く家に帰してあげたいの」

「最初のときは……ゆっくりとふたりで過ごしたほうがいい」

「瑛介さんのことをお養父さまに知られるわけにはいかないの。お養父さまは、これまで私と瑛介さんが会っていたのを知らないんだもの……小父さま、約束を破らないでね。約束を破ったら」

「家出か……？」

「家出したって行くところはないし……いっそ、死ぬかもしれないわ」

はっきりと言った小夜に、須賀井が息を呑んだ。

須賀井は外に出て、彩継がいないのを確かめ、小夜に合図した。

小夜は須賀井に礼を言って、歩き出した。だが、人影を見ただけで彩継ではないかと怯えた。

すぐに電話ボックスに入り、瑛介の携帯に電話を入れた。

「おう、どうしたんだ？　小父さんから電話があったみたいだ」

「私からとわからないようにして……」

「大丈夫だ。外に出たところだから」

「明日の朝、会いたいの」

「明日か……」

「無理……？」

「小夜のことがいちばんだ。何とかなる」

「十時、〈更紗《さらさ》〉で」

「わかった。今どこだ」

「友達の家。今夜は泊まるの」

「瑠璃子ちゃんか」

「別のところ」

「珍しいな」

「家から電話があっても、私から連絡があったことは言わないで。私のことは何も知らないと言って」

「なんか変だな。何かあったのか」

「別に。明日は夕方までいい？」

「えっ？　いいのか？　これまでで最高に長い時間じゃないか。朝十時に会って夕方までか。凄いぞ」

瑛介の声が弾んだ。

「だから、お友達といっしょってことにするから、お養父さまにも、お養母さまにも、何も言わないでね」

「言うもんか。今夜は眠れないぞ」

小躍りしているような瑛介が浮かび、小夜の頬がゆるんだ。

小夜は映画館に向かった。一人だけで長い時間を外で過ごしたことがない。数時間を喫茶店やゲームセンターで過ごす忍耐はない。

小夜は少し眠りたかった。

2

小夜が須賀井に電話したのは八時前だった。

「お養父さまは来ていないでしょうね……？」

「ああ、大丈夫だ」

「今、近くにいます。すぐに戻るわ」

それから、わずか二、三分で、小夜は卍屋に着いた。

本当に女になって戻ってくるのだろうか……。

須賀井には信じられなかった。小夜に何があったかわからないが、時間が経てば落ち着き、いつもの小夜に戻ると思っていた。小夜に女を感じるようになっているものの、歳からすると、まだまだ子供だ。

今の時代、中高生で性を知る者も多くなった。だが、小夜は処女のまま高校を卒業すると思っていた。

しかし、戻ってきた小夜は、五時間前の小夜とは明らかにちがっていた。その色っぽさに、須賀井は驚いた。

タクシーでやってきたときと同じ、薄いブルーの綿のノースリーブのワンピースだ。それなのに、小夜は大人びていた。

(本当に女になったのか……)

明らかに、これまでとちがう小夜が、須賀井には眩しかった。

「小父さま、もういちど、お風呂に入りたいわ」

「入れておいた……いつでも入れる」

「小父さま……瑛介さん、とってもやさしくしてくれたの。小父さまに言われたとおり、最初は瑛介さんでよかったのかもしれないわ。これで小父さまも安心して、約束を守ってくれるのね」

小夜の唇を見ていた須賀井は、濡れたような口紅に気づいた。

「口紅、塗ってるのか……?」

「大人になったから……似合わない? 薄目のにしたんだけど」

「よく似合う……それでいっそう大人っぽく見えたんだ。昼間の小夜ちゃんとはちがう女のような気がしたんだ」

「だって、もう昼間の私じゃないもの」

須賀井は瑛介と小夜との時間を思った。小夜が初めて男女の営みを経験し、少女から大人になって戻ってきたのだと思うと、最初の男になれなかった口惜しさなど微塵もなく、これまで以上の愛しさが湧いた。

「お養父さまとお養母さまには、絶対に言わないで。これからのことも、瑛介さんのことも」

「言えるはずがないだろう？　あれから二度、先生から電話があった。小夜ちゃんとの約束は守るが、先生が可哀想でしかたがない」

「私のことを……きょうはいちばん可哀想だと思って。私のわがままを聞いて」

「ああ。だけど、瑛介君とそうなったのなら、これからの時間には意味がないだろう？」

「小父さまに意味がなくても、私にはあるの。私にだけ意味があったらいいでしょう？　いいえ、小父さまにも意味があるかもしれないわ……だって、私の中には、母の血が半分流れているの。小父さまは、母が好きだったんでしょう？　嘘じゃないなら、今は私のことも……だから、愛してほしいの」

「好きあっているのなら、瑛介君に悪いと思わないのか」

「だから、最初は瑛介さんに抱いてもらいました。小父さま……もう、お話は終わりよ。お風呂に入りたいの。でも、ひとりで入りたいの」

小夜は三階の浴室に消えた。

須賀井には小夜の気持ちがわからなかった。好きな男に抱かれてきた後、なぜ、他の男に抱かれるのか。今まで複数の男達に抱かれているのならまだしも、きょう、女になったばかりの小夜だ。小夜が何を言っても、須賀井にはとうてい理解できるものではなかった。

小夜への獣としての欲望はない。亡き胡蝶に対してもそうだったように、愛するほどに、そんな関係を結ぼうとは思えなくなる。切なく慕いながら、じっと見守っているのが自分の性にあっている。肉の交わりは、たとえ虚しくても別の女とでいい。

愛すれば愛するほど、尊敬の念が増し、触れてはならないと思えてくる。すると、肉の交わりなど別の次元のものに思えてくる。

亡き胡蝶とは、日常の会話を普通どおりにしていた。小夜とも同じように接しているのがいちばんいい。だが、小夜はなぜか、肉の交わりを求めている。夢としか思えない。幸せな夢なら、その夢から覚めないようにと願うだろうが、須賀井にとっては、あまりに予想外な事態だけに、小夜が戻ってくるまでの五時間でも、まだ心の整理がつかないでいた。

迷路に入り込んだような時間が続いている。それは、降って湧いた幸運というより、神の領域に入り込んでしまうような、畏《おそ》れに似た感情だった。

須賀井の用意しておいたバスタオルを躰に巻いて、小夜が浴室から出てきた。バスタオルの下には何もつけていないとわかる。

浴衣でもあれば、それを着るのだろうが、男ひとりの生活では、女物は何もない。小夜はワンピースを着て出てくるのも不自然と思ったのかもしれないが、須賀井は目のやり場に困った。

「お先にごめんなさい。初めて小父さまの家のお風呂に入ったのね。とても気持ちがよかったわ」

いつもの初な小夜の顔に戻っている。さっきまでの、今までとちがう色っぽさは何だったのだろうと思ったとき、顔を洗い、口紅が取れているのに気づいた。女は口紅ひとつで変わってしまうのだ。

「何か飲み物でも用意しよう」

「あとでいいの。小父さま、お風呂、どうぞ。寝室に入っていい？　お母さまに会いたいの。いいでしょう？」

寝室の胡蝶人形を見られてしまってから、小夜との関係に変化が表れたのではなかったか……。

短期間でめまぐるしく移り変わる事態を、胡蝶の意志ではないかと、須賀井はふっと思った。

人は死んでしまえばおしまいになると思っている者もいるが、須賀井は、亡くなると肉体は消滅するが魂は残り、時間と距離のない世界を自由に行き来できるようになると思っていた。

だから、限界や束縛のある不便な人間世界から解放された胡蝶は、小夜や夫だった景太郎をいつも見守り、ときには須賀井の元にも訪れているだろう。それだけでなく、時間のなくなった胡蝶は、過去に戻ることもでき、学生時代の須賀井との時間を見つめていることもあると思っていた。

だから、胡蝶は須賀井の気持ちを知って哀れに思い、こんな時間をつくってくれようとしているのではないか……。

死者と生きている者は肉体で交わることはできないだけに、小夜を介して須賀井とひとつになろうとしてくれているのではないか……。

しかし、その考えは、あまりにも突飛だと須賀井は思った。

小夜の使った後の湯船に躰を沈めているだけで、奇妙な気がした。この数時間が、現実のものではないような気がする。かといって、夢という気もしない。今まで生活していた世界と、まったくちがう次元に迷い込み、そこには、何もかもそっくりなものが存在しているのかもしれなかった。

自分だけが本来の自分で、この風呂も別次元のもので、小夜も、いかにもそっくりだが、今まで住んでいた世界の小夜とはちがう女ではないか……。

そう考えると、何もかも辻褄が合うような気がする。すると、数時間前まで住んでいた世界に、また戻れるのだろうか、などと考えてしまう。永遠に、この異次元の世界で生きることになるのだろうか……。

須賀井はメビウスの輪の上を歩いているような気がした。いくら考えても、決して結論は出ない。同じところを果てしなく歩き続けるだけだ。

「小父さま……大丈夫……？」

ドアの外で小夜の声がした。

「あんまり長いから心配になったの。大丈夫？」

「ああ……上がるところだ」

小夜が声をかけなかったら、いつまでも考え続けていたかもしれない。

躰を拭いているとき、最後に女を抱いたのは一カ月前だったのを思い出した。肉付きのいい玄人女《くろうと》だった。金のためというより、そういう行為が好きで、一石二鳥の仕事をしている女のような気がした。

胡蝶や小夜とは似ても似つかぬ女を相手にすると、性のはけ口と割り切ることができる。

それだけに、これからのことを思うと、嬉しいというより、困惑だけが増していく。

小夜は寝室に戻っていた。すでに胡蝶人形と対面したのか、螺鈿細工の箱は閉じられていた。

「小父さま……わがままついでにお願いがあるの」

「何だ……？　約束はなかったことにしていいんだ。いや……なかったことにしようと言いたいのが本音だ」

「だめ。私ばかり、わがままを言ってしまうけど……恥ずかしいところは見ないでほしいの……瑛介さんに抱かれたばかりだから……見られたくないの。明かりは、少し暗くしてね」

須賀井は照明を落としていった。

「小父さま……暗すぎてお顔もよく見えないわ。もう少し明るくして」

「このくらいか……？」

須賀井は昂ぶりながら、今度はゆっくりと闇を遠ざけていった。

小夜は躰を覆っていたバスタオルを取ると、背を向けてベッドに敷いた。そして、須賀井に正面を見せないように気遣いながら布団を引き上げ、躰を入れた。

愛する女への究極の望みは、躰をひとつに重ねることだろうか。だが、須賀井の股間のものは萎縮していた。

小夜と他人であることで、小夜の総身から出ている妖しいオーラを眺め、それだけで尊敬とも畏れともつかない気持ちがあった。躰を重ね、他人ではなくなることは、小夜が神に近い領域から、須賀井と同じ人間世界に降りてくることだ。そうなったとき、小夜への気持ちはどうなるだろう。

胡蝶に対しても、尊敬の念をもって眺めていただけに、今まで抱いた女の数は決して少なくはないというのに、須賀井はこれからの時間が恐ろしい気もした。

「小夜ちゃん……何をしているのかわかっているのか？　私には、その気はないんだ……もう一度、考えてほしい」

「約束してくれたわ……」

「いくら約束でも、私には意味がわからない……好きな相手は瑛介君だろう？　なぜなんだ」

「それはとうにお話ししたわ。私には意味があるの。これからのことは誰にも言わないでね。私も決して言わないから。瑛介さんにも、お養父さま達にも。死ぬまでふたりだけの秘密」

須賀井は溜息をついた。

胡蝶と一度でも……。

小夜と一度でも……。

そう思ったことは数知れない。だが、いざそのときになってみると、戸惑いだけだ。

「私が子供だから、その気にならないの？　ときどき女の人を抱いてるって言ったわ。その人達に比べて、私は魅力がないからなの？」

「小夜ちゃんは誰よりも魅力的だ。いや、そんな簡単な言葉では言い表せないほどに」

「小父さま……ベッドに入って。服を着たままじゃいや……」

須賀井は動悸がしていた。初めて女を知ったときより、さらに激しく動揺している。

「小父さまが母と結婚していたら、どうなったかしら……でも、もしそうだったら、私は生まれていなかったのね」

実父の景太郎はやさしい。愛情をいっぱいに注がれて育った。しかし、須賀井のやさしさは、また別のものだという気がしてならない。表に出ないひそやかな愛情だ。それを知って、小夜は須賀井に抱かれようとしている。精いっぱい考えて達した結論だ。

彩継に抱かれてしまうのは時間の問題かもしれないと察したきょう、小夜は初めて自分の責任で一大決心をし、行動しようとしていた。

裸の須賀井が横に入ってきた。

「朝までこうしているだけでいい……私はそれだけで幸せだ」

「だめ……約束を果たしてくれなくちゃ」

だが、須賀井は手を出そうとしなかった。

小夜は須賀井の手を取り、乳房に導いた。

「小さすぎてつまらない……？」

「小夜ちゃん……だめだ……その気になれない……先生が必死に探しているんだ」

「小父さまに言われたとおり、お養父さまには電話したわ。今夜は帰らないって」

「いや、本当は、そんなことじゃない……だめなんだ」

須賀井は自分から手を動かそうとしなかった。

小夜はおずおずと須賀井の股間に手を伸ばした。中心のものは、まだ柔らかかった。

小夜は肉茎をつかみ、ゆっくりと不器用にしごいた。少しずつ、硬くなってきた。

小夜は布団を剝がし、須賀井の太腿の間に躰を横たえた。茂みから立ち上がっているものは、彩継のものより小さい。

「上手にできないと思うけど……」

瑛介のものも、数えるほどしか口で愛したことはない。それでも小夜は、須賀井のものを手に取ると、亀頭を舌で舐め上げ、全体を口に含んでいった。

「小夜ちゃん……そんなことは……やめろ」

須賀井はそう言ったものの、拒もうとはしなかった。

みるみるうちに肉茎は強度を増していった。

須賀井はやわやわとした唇に触れられているだけで、かつてない快感を覚えていた。これまでの、どんな女からの口戯より気持ちがいい。こんなやさしい唇があったのかと、驚嘆した。剛直がひくひくと絶え間なく反応している。

「小夜ちゃん……いつ覚えたんだ……う……これ以上されると……」

須賀井は歯を食いしばった。

早漏ではないはずだが、他愛なく果ててしまいそうだ。

小夜が顔を上げた。

「硬くなったから……もうできるでしょう……？　して」

小夜は須賀井の横で仰向けになった。

この先へと進んでいいのかどうか、須賀井は、まだ決心しかねていた。

「約束は、守らなくちゃならないのよ。でないと、誰も信じられなくなりそう……小父さまだけじゃなくて、お養父さまも、お養母さまも、父も、他の人もすべて……すべてを信じられなくなったら、きっと生きていけないわ」

小夜は彩継に死を口にし、いちどは逃げおおせた。須賀井も、きっと意のままになるだろう。小夜は確信していた。

須賀井が動いた。小夜を抱き寄せ、頬に唇をつけた。耳朶にも口づけた。小夜はかすかな声を洩らした。

次に須賀井は、ふたつの乳房を手のひらに入れ、愛おしむように揉みしだいた。

「オクチにキスして……」

「今、そこにキスできるのは瑛介君だけだ」

いくら身をまかせようとしていても、確かに須賀井と唇を重ねることはできないような気がした。小夜は須賀井に、それ以上、口づけは求めなかった。

乳房を愛撫し、乳首を口に含んで舌で転がし、押し、吸い上げていた須賀井が、徐々に下腹部へと舌を動かしていった。

「見ないで……アソコは絶対に見ないで」

須賀井は小夜をうつぶせにした。

うなじから細い肩先、肩胛骨《けんこうこつ》へと、若すぎる肌に、須賀井は丁寧な愛撫を加えていった。

小夜の唇から洩れるあえかな喘ぎを耳にするたび、須賀井の剛直が反応した。

舌は、形よく盛り上がった双丘を辿った。ぴくりと丘が跳ね上がった。

太腿から膕《ひかがみ》にかけて、膕から踝に向かって、須賀井の舌は若い肌をじっくりと味わうように下りていった。

小夜の喘ぎは途切れることがなかった。

「だめ！」

足首を握って持ち上げた須賀井が、親指を口に含んだとき、小夜は思わず足を引いた。須賀井が引き戻した。

親指を咥えられ、次の指の間を舐めまわされ、小夜はくすぐったさと、秘園へと走り抜けていく疼きに大きな声を上げた。

「小父さま……だめ……あう……小父さま」

小夜は総身を弓なりにして身悶えた。

十本の指とその間を限無く愛撫した須賀井は、小夜の躰をひっくり返した。

「今なら遅くないぞ。やめたっていいんだ」

小夜は首を振った。

須賀井の指が秘芯に伸びた。花びらのあたりは十分にぬめっている。

「それ以上、触っちゃだめ……」

「まだ二回目なら……もしかして、少し痛いかもしれないな」

「大丈夫……瑛介さんと何度か……だから」

「わからない……どうしてこうなったのか……先生に顔向けできなくなる」

「言わないで……お養父さまに何も言わないなら、何もなかったことになるわ……そうでしょう？」

深く息を吸った須賀井の胸が喘いだ。

須賀井は秘口に亀頭を当てると、一気に奥へと沈めていった。

「ヒイッ！」

小夜の顔が苦痛に歪んだ。

腰を沈めた須賀井は、ギョッとして動きを止めた。

「痛い！　痛いの」

小夜の目尻から涙が溢れている。

「瑛介君と……」

小夜は首を横に振った。

「まさか……」

須賀井は剛棒を抜いてひとつになっていた部分に目をやった。

おびただしい鮮血がバスタオルを染めていた。

「嘘だったのか！　女になったというのは嘘だったのか！」

小夜は洟をすすり上げた。

「何てことだ……どうしてそんな嘘をついたんだ」

小夜が口紅をつけて戻ってきたのは、大人びて見せるためだったのか……。秘所を見るなと言ったのは、処女と知られないためだったのか……。

須賀井はあまりにも多量の鮮血に、破瓜のためではなく、繊細な器官の一部を傷つけてしまったのではないかと不安になった。

「大丈夫か……」

「痛かった……こんな痛いの、初めて……」

「小夜ちゃんが、こんなにばかな女とは思わなかった……」

言葉と裏腹に、須賀井はやさしすぎるまなざしで小夜を見つめた。

「もう一度なんてできないぞ……ショックだ……小夜ちゃんの最初の男になってしまったなんてな……小夜ちゃん、いつか後悔するぞ」

「後悔したくなかったから……小父さまにしてもらいたかったの……」

鼻を赤くした小夜は、しゃくりながら、それでもはっきりとこたえた。

「本当にばかな子だな、小夜ちゃんは……最初の男になったことは名誉すぎると思ってる……嬉しくないと言えば嘘になる……嬉しいさ。泣きたいほど嬉しい……だけど、どうして私なんかに……風呂に行こう……洗ってやる」

小夜は素直に頷いた。立ち上がると、白いバスタオルに、大輪の深紅の薔薇の花が咲いていた。

3

ラブホテルに入るのは初めてなだけに、小夜は、もの珍しさより、人の目が気になり、部屋に入るまで落ち着かなかった。

「瑛介さん、こんなところに詳しいのね。私、初めて……」

「いやか？　とうに女は知ってると言ったし、今さら小夜に初な振りをしても仕方ないだろう？　ようするに、過去なんかどうでもいいんだ。今がいちばん大切なんだ」

「過去はどうでもいいの？」

「当たり前だ。昨日のことをとやかく言ってどうする。いつも未来に向かってだ」

「私が昨日、ヴァージンをなくしたと言ったら？」

「昨日か。ちょっと残念な気もするけど、それでもいい。そんなことは、どうでもいいさ。ここに来たってことは、セックスしてもいいってことだよな？　それがいちばん重要だ」

「ねえ、昨日、ヴァージンをなくしたというのが本当ならどうするの？」

「昨日のことはどうでもいい。小夜がやっと、その気になってくれたんだからな。今まで俺に、生殺しのようなことを何度もしてきたんだ。少しは悪いと思ってるか？　どうやら、反省してないようだな。だけど、きょうは逃げられないぞ」

瑛介は、やけに陽気だった。小夜がすでに女になったことに気づいていない。いくら口で言っても、瑛介は信じようとしないが、本当に処女をなくしていたと知ったとき、どうするだろう。それでも動じないだろうか。もし、そのことで瑛介の愛情が冷めてしまっても、それはそれで仕方がないと小夜は思った。

破瓜の後、風呂で須賀井は小夜の躰を母親のようなやさしさで洗っていった。きれいだ、と何度も口にした。

ベッドに入ってから、須賀井は小夜をやさしく抱きしめていた。小夜は安らぎの中で、いつしか眠っていた。

今朝、目覚めると、須賀井は目を開けていた。一睡もしていないのがわかった。

なぜ、最初の男は瑛介ではなく、須賀井になったのか。理屈をつければいくらでもつけられる。だが、小夜は、わけなどなくていいのだと思った。

彩継に最初に抱かれるわけにはいかなかった。そして、瑛介にも最初に抱かれるわけにはいかなかった……。それは、他人には理解できないことかもしれない。しかし、小夜はこれでいのだと、自分で選んだことに後悔はなかった。

須賀井がやさしい男だということは、昔からわかっていた。だが、今回のことで、その何倍どころか、何百倍もやさしい男だとわかった。ぬるま湯に浸かっているような安らぎに包まれている。今も須賀井のやさしさに包まれている。それなのに、今は瑛介といる。瑛介に抱かれようとしている。

「そういえば、昨日は、小父さんが二度も電話してきて、そのあと、突然、顔を見せたんだぞ。急に近くまで来たからって。いつか、俺が刺されたときと同じだ。何があったんだ？　黙って友達の家に泊まったのか？」

「小父さんって、お養父さまのこと？」

「他に誰がいるんだよ」

「そうね……ちゃんと、お養父さまには電話したわ。本当よ」

「そうか、信じてないってことか。俺といっしょだと思ったんだ。ようすを見に来たってことか。まったく、小父さんの小夜に対する束縛は尋常じゃないな。窮屈すぎて息が詰まらないか？　だから、行き先を言わずに外泊したんだろうけど」

「家では、案外、呑気《のんき》なのよ……だから、のびのびと過ごしているわ……瑛介さん、ヴァージンを抱いたことはある？」

小夜は彩継の話題から遠ざかりたかった。

「ああ、三人。俺のようなのがいるから、何人抱いてもヴァージンに当たらないという男もいるはずだよな」

「ヴァージンがいい？」

「初めての男になるのもいいが、いつか忘れられるんだろうし、いつだって、今の男がいいさ。過去の男になるより、今の男でいたい」

瑛介は陽気に笑った。

「女としては、初めての人は忘れられないと思うけど……」

「そうだな、小夜ならそうかもしれない。だけど、遊びまわってるような女は薄情で、すぐに忘れるみたいだ。人数が多くなれば、いちいち覚えてられないんだろうな」

「瑛介さんにとって、ヴァージンは意味がないの？」

「意味？　ないな。レイプされてヴァージンを失う可哀想な女もいるんだ。そんな女がヴァージンじゃないということは罪か？　ヴァージンなんて意味がないな。最初の男が、その女を一生自分のものにできるってこともない。今どき、ヴァージンと結婚する奴がどれだけいる？　処女膜一枚に何の価値があるんだ。だからといって、愛情もなく、セックスのためだけに男を次々と代えて遊びまわってるような女は問題外だけどな」

「じゃあ、瑛介さんの抱いた人は、みんな好きだった人？」

「そう訊かれると、偉そうなことは言えないな。セックスを知ったころは、愛情より、ただセックスがしたいだけだった。だけど、もうだいぶ遊んで落ち着いた。小夜を知ってから、他の女とするのも虚しい。抱きたいとも思わなくなった。欲求不満になったら、小夜を思い浮かべてマスターベーションするしかない」

「ばか……」

小夜は生々しい言葉に、視線のやり場をなくした。

「いっしょに風呂に入ろう」

「いや……」

「ラブホテルに来たら、いっしょに風呂に入るもんだ。小夜は知らなかったかもしれないが、そういう決まりがあるんだ」

「瑛介さんの嘘つき」

どうして瑛介はこんなにも陽気でいられるのか。同じ人生なら、悩み苦しんで生きるより、ほがらかに生きていけるほうがいい。しかし、小夜は人には陰と陽があり、生まれ持ったどちらかによって、人生を左右されるのではないかと思うようになった。瑛介は陽で、小夜は陰だ。いくら努力しても、その宿命からは逃れられないのかもしれなかった。

人目をはばかることなく、ふたりきりでいられるのは初めてだ。しかも、まだ昼前だ。小夜は早くても夕方までに帰ればいいと思っていた。彩継に行く先を告げず飛び出して、外泊もした。早く帰ろうが遅く帰ろうが、同じことだと居直っていた。その先のことを考えると恐ろしい。考えるだけ憂鬱になる。

彩継に嘘をついて油断させ、飛び出したときから、小夜は自分の人生が変わったのだと思った。

胡蝶が亡くなったときに人生が変わったのでもなく、彩継の娘になったときに変わったのでもない。今までそう思っていたことがそうではなく、きのう、初めて生まれ変わったのだと思うようになった。他人のことを考えず、自分のことを第一に考えて行動した。今まで、自分より周囲の者を気遣い、自分で自分を束縛していた。

瑛介が裸になった。

筋肉が引き締まった日焼けした躰は、眩しいほどに健康的だ。だが、右手の傷は残っている。傷が深かったのか、ミミズのように赤い肉が盛り上がったままだ。

「これからは、怖い人を怒らせるようなことは言わないでね……ちゃんと逃げてね。二度とこんな傷は作らないで」

小夜は瑛介の傷に唇をつけた。

「あいつらに刺された代わりに、俺はこれから小夜を刺す。おあいこだな」

「そんなことばっかり……嫌い……まじめに言ってるのに」

小夜はそっぽを向いた。

「いくら小夜が怒っても、俺のムスコは元気いっぱいだ。見ろよ、こんなになってるぞ。やっと、夢が叶うんだからな」

瑛介の剛棒はいつものように、腹に着くほど反り返っていた。鈴口に透明液が滲んでいる。

小夜は昨夜の痛みを覚えていた。一生忘れない痛みかもしれないと思えるほど激しい痛みだった。今、秘所の痛みはまったくない。けれど、破瓜の痛みはいちどだけとわかっていても、まだ恐怖が残っている。須賀井は二度とその行為をしようとしなかったが、あの後、ふたたび求められていたとしたら、こたえることができたかどうか自信はない。

女になるということは、こんな苦痛を体験しなければならなかったのだ。痛みがあるのは知っていたが、生身の躰を麻酔なしで容赦なく引き裂かれるような、耐え難い痛みとまでは思っていなかった。

「いつまで服を着てるつもりだ？　きょうはしっかりと見せてもらうぞ。またいつ意地悪をされるかわからないからな。ダメとイヤが、小夜の口癖だもんな」

「そんなことはないわ……見ないで……先にお風呂に入ってて……すぐに行くから」

「だめだな。逃げられると困る」

「逃げるはずがないでしょう?」

「だめだ……風呂に入ってる時間も待てない」

瑛介はベッドに小夜を押し倒した。そして、唇を塞いだ。最初は抗《あらが》っていた小夜も、朝、須賀井のところでシャワーを浴びたこともあり、このまま抱かれてもいいと思うようになった。

舌を絡めて唾液を奪い合った。

瑛介の息が荒くなってきた。乱暴に舌を動かす瑛介に、小夜も熱くなってきた。須賀井との時間にはなかったものだ。

瑛介は舌を動かしながら、小夜の服を脱がせていった。

「本当にいいんだよな? さんざん焦らされたからな。まだ信じられない気がする。今さらダメだなんて言うなよ。ムスコが痛いほど勃ってる。もうダメだ……少しは堪え性があると思っていたし、性急にやるほうじゃないのに、待たされただけ、小夜とはダメだ」

「他の女の人とするときは、ゆっくりするの?」

「他の女のことなんか、もうすっかり忘れちまった」

「私は覚えてるわ。瑛介さんの最初の相手は中学二年のときで、バレー部の部長だった一級年上の三年生と。そうだったわね？」

　小夜は不安をやわらげるために、わざと明るく言った。

「参ったな……言うんじゃなかった。記憶力がよすぎるぞ」

「それから、おませな瑛介さんは、いろんな人と何度も……」

「何度も何だ」

「ばか……知らない」

　小夜は瑛介の胸に顔を埋《うず》めた。

「なあ、アソコが痛いんだ。じっくりやってる余力がない。すぐに抱きたい。だめか？　だけど、小夜にとっては初めての経験だもんな」

　瑛介の若さは救いだった。

「すぐにして……時間が経てば……たとえ、それが五分後だったとしても……気が変わるかもしれないわ」

　すでに処女ではないと何度言っても信じてもらえないなら、一刻も早くその事実を知ってもらいたい。待ち合わせたときから今まで、瑛介を騙しているようで後ろめたかった。

　きっぱりと言い切らないだけに、瑛介には冗談としか思えないのかもしれないが、真剣な顔をして告白するのもはばかられた。

現実を知った後の瑛介がどうするか、それは、そのときにならないとわからない。ともかく、今の半端な時間が辛い。

「気が変わるなんて言うなよ。気が変わったら、俺のビンビンのムスコはどうなるんだ」

「オクチでしてあげるわ……瑛介さんに教えてもらったとおりに」

「きょうは口も手もだめだ。小夜とぴったりひとつになるんだ」

瑛介は小夜の気が変わるのを危惧している。小夜の両手を肩の横で押さえ込み、一気に正常位で貫く体制になった。

小夜は目を閉じた。

「ごめん……いくら何でもそりゃあ、ないよな」

瑛介の手が、小夜の手から離れた。

このまま瑛介は諦めるつもりだろうかと、今度は小夜のほうが焦った。

「オッパイにキスぐらいしなくちゃな。あそこは、いつもよりじっくりとな」

「あそこにキスしないで……きょうは恥ずかしいから。そのかわり、背中にキスして」

小夜は破瓜の後の器官を見られるのが怖かった。まだ自分でもどうなっているのかわからない。初めてそこを鏡で覗いたときのように、自分の躰でありながら恐怖があった。

「オッパイと背中にキスをしている間に射精してしまわないようにしないと、今にも出そうで、我ながら情けない気がしてる。それだけ小夜は魅力的だし、小夜にとって、これが初めてのセックスだからってことなんだけどな」

やはり瑛介は、小夜がまだヴァージンだと思っている。期待を裏切られたと知ったときの瑛介の気持ちを思い、小夜は不安と後ろめたさに苛まれた。

瑛介が乳房を両手でつかみ、乳首を吸い上げた。後のことが心配で、快感はさほどなかった。

須賀井のやさしすぎる唇と舌の感触が、こんなときだというのに甦った。女園以外の総身を愛撫していった須賀井。その愛撫は、彩継の愛撫とは明らかにちがっていた。瑛介のものとも、まったくちがう。

同じことをしていながら、三人は、小夜にまったくちがう感触を与える。小夜はそれが不思議でならなかった。

瑛介はふたつのふくらみを短い時間、愛撫し、すぐにひっくり返して、背中に唇を這わせはじめた。

時を忘れたような須賀井の綿密な愛撫とちがい、瑛介は素早く唇と舌を動かしていく。腰のあたりまで下りると、逆に首のほうへ這い上がっていった。

「待てないんでしょう？　もう、いいのよ」

小夜はうつぶせたまま言った。

瑛介は小夜を起こした。さっきまでの余裕の表情はなく、荒い息をしながら硬い顔をしていた。肉茎は別個の生き物のようにひくついている。

小夜はそれに手を伸ばした。こんな太いものが、秘口に入るはずがないと思っていた。それが、肉を引き裂き、侵入した。二度目とはいえ、いきり勃ったものを見ると動悸がした。

「痛いのは最初だけだからな。人によってちがうけど、小夜はきっと大丈夫だ。みんな経験してるんだ。心配するな」

「ヴァージンを三人も経験してるベテランの瑛介さんだもの。きっと上手よね。それに、私、きのう、女になってきたし」

「また、そんなことを言うのか？　あとで泣いたりするなよ」

瑛介は小夜と唇を重ねた。小夜は自分のほうから舌を差し入れた。なぜか涙が溢れた。須賀井に抱かれたことを後悔していない。だが、瑛介には申し訳ないという気がした。異性として愛しているのは瑛介だけだ。瑛介と話すだけで心が癒される。瑛介も、今は小夜だけを思っているのがわかる。

「小夜……する前から泣くなよ……大丈夫だと言っただろ？　今さらいやだなんて言うなよな……いやなのか？」

小夜は子供のように手の甲で涙をぬぐって、首を横に振った。

「そんな顔を見ると、男は獣になるんだぞ。知ってたか？」

この場を何とかしようと、瑛介はおどけて言った。

瑛介の指が肉のマンジュウをくつろげた。

「そこ、見ないでね……」

「見ろと言われたって、そんな余裕、今はないんだ」

指は花びらに触れた。

「濡れてる……準備ＯＫか。安心した」

指は花びらから秘口に移り、入口を確かめると、亀頭がそこに触れた。

「大丈夫だからな……」

瑛介の体重が屹立《きつりつ》に集中し、腰が沈んでいった。

「痛い！　いやっ！　痛い！」

昨夜と比べると痛みが少ないとはいえ、我慢できるような痛みでもなかった。小夜は、瑛介の胸を押し戻そうとした。

苦悶に歪んだ小夜の顔に驚いた瑛介は、二、三度の抽送で腰を浮かし、沈んでいた肉茎を女壺から引き抜いた。

肉茎には鮮血がついていた。

破瓜の痛みは一度だけではなかったのか。なぜ二度も激痛が走ったのか。小夜は涙をこぼした。

「もうしないから心配するな……タオル、敷いておくんだったな……小夜は出血が多いみたいだ。もう痛くないだろう？」

確かに、あの激痛が嘘のように消えている。だが、痛みへの恐怖は残っている。ふたたび貫かれたらと思うだけで恐ろしかった。

瑛介は素早くタオルを取ってくると、赤く染まっているシーツの上に敷いた。それから、もう一枚で、小夜の太腿についた血を拭《ぬぐ》った。そのあと、白いハンカチを出して、ペニスを包んだ。

「小夜を女にしたときの記念にしようと思って、わざわざ白い奴を買ってきたんだ。俺が小夜の初めての男だ。小夜が忘れても、俺は忘れない。ずっと俺だけの小夜だったらいいけどな」

赤く染まったハンカチが、小夜には信じられなかった。確かに昨夜、須賀井に抱かれた。だが、瑛介は小夜を抱いた後も、小夜が処女だったと信じている。小夜でさえ、ふたたびシーツを染めた鮮血を見て、不思議でならなかった。

昨夜の鮮血は、もっと大きなシミを作っていた。それに比べると、シミは小さい。だが、瑛介のペニスを赤く染めているのも事実だ。

「風呂に入るか？」

「もう少しして……」

「こんなに出血した女は初めてだ。ほとんど出ない奴もいたしな。処女膜の厚さがみんなちがうみたいだ。激しいスポーツをしていて破ける奴もいるし、そういう女は、初めてのときでも、ほとんど出血しないんだ。自分で遊んでいて破いてしまったという奴もいたし。小夜は処女膜が厚かったのかもしれないな。厚いだけ痛いさ。だけど、処女をなくしてすぐにセックスできる相手より、小夜みたいに、本当に痛がって、すぐにはセックスなんかできない相手のほうが、俺は感激するな。小夜、俺は幸せ者だな……」

瑛介に唇を塞がれ、小夜はまた涙が出てきた。瑛介にも最初の女と思われてしまった。それなら、二人目だったことを強調することもない。瑛介が幸福だと思ってくれているのなら、それを壊すこともない。

小夜はようやく安らぎを感じた。

「痛い？」

「うん？　どうして俺が痛いんだ」

「だから、まだ最後までいってないから……大きいままでは痛いんでしょう？」

「そうか、忘れてた。こんな幸福なときに、いくら堪え性がないからって、ペニスだけ別人格のように騒ぎはしないから安心しろ。きょうはこのまま小夜を抱いてじっとしていたい。人生最高の幸福だ」

「あとで、オクチでしてあげるから、きょうはもうしないでね……怖いの」

「ああ、少し寝るか？　実は、きのうの小夜の電話の後、気が昂ぶって眠れなかったんだ。急に眠くなってきた」

瑛介は左腕に小夜の頭を載せ、やがて寝息をたてはじめた。

4

先に彩継の声を聞きたくないと思っていた小夜の意志が通じたのか、電話口には緋蝶が出た。

「あと三十分ぐらいで帰れるわ」

「お養父さまが心配していたわ……」

「ちゃんとお友達の家に泊まるって言ったのに……」

それが誰の家か話していないだけに、緋蝶に訊かれるかもしれないと覚悟していた。だが、何も訊かれなかった。

「気をつけて帰ってくるのよ」

「お養父さまは……？」

「お仕事よ」

家を飛び出してから一日足らずだが、長い月日が経ったような気がしている。久々に家に帰るのだという気もした。

屋敷に着くと、門扉のところに緋蝶がいた。待っていたのがわかった。

「ごめんなさい……」

緋蝶には笑顔を見せるつもりが、思わず、そんな言葉が出ていた。

「帰って来てくれないかとも思ってたの……よかったわ」

ただごとではないのが緋蝶にもわかっていたのだ。胸が痛んだ。

「ごめんなさい……でも、何も訊かないでね……」

涙が出そうになった。

「心配しないでいいのよ。こちらから訊くつもりはないわ。お腹、空いてない？」

瑛介と待ち合わせた十時過ぎにはラブホテルに入って、八時間近くも過ごしていた。少しでも長くふたりでいたいために、そこに備えつけてあるインスタント食品をレンジであたためて食べたが、急に空腹を感じた。

「ぺこぺこ」

「まあ、何も食べてないの……？」

「食べたけど……」

「育ち盛りだものね……すぐにあたためるわ」

彩継がすぐに出てくると思ったが、姿を現さない。意外だった。

「お養父さまは、まだ、お仕事なの……？」

緋蝶を相手の食事をしながら、小夜は恐る恐る尋ねた。

「顔を出し辛いんだわ。お養父さまと喧嘩《けんか》したの？　それで小夜ちゃん、出ていったの？

あら、いいのよ、こたえなくて……何も訊かないと言ったのにごめんなさいね」

緋蝶は何も知らない。彩継が小夜を抱こうとしたなど、予想もできないだろう。

「ちょっとお養父さまを困らせたかっただけ……」

「干渉しすぎるものね。たまには困らせるのもいいかもしれないわ。あら、これはないしょよ」

緋蝶が唇に人差し指を立てて笑った。

「でもね、とっても心配して、どうも深谷の家まで行ったらしいわ。あとで景太郎さんから電話があったの。何かあったんじゃないかって」

すでに瑛介に聞いていたものの、小夜は不安になった。

「それで……何と言ったの？」

「大丈夫。小夜ちゃんは、お友達の家に行ってるって言ったし、どこかもわかっているし、お養父さまは、近くまで行ったから、急にそちらに寄る気になったんでしょうって言っておいたから」

小夜は胸を撫で下ろした。

「お養父さま、もしかして、二、三日、顔を出さないかしら。自分が悪いと思っているから出てこられないんだわ。小夜ちゃんが悪かったら、とうに出てきているわ」

「お養母さまは、私の味方？」

「もちろんよ」

小夜は涙ぐんだ。

やさしい人に囲まれている。須賀井もやさしかった。瑛介もやさしかった。緋蝶もやさしい。そして、彩継も……。

彩継は小夜を女として愛しすぎて、養父という立場ではいられなくなっている。それだけのことだ。

「お養父さまと仲直りしてくるわ。それから、お仕事を見てくるわ。邪魔になるからって追い出されたらしかたないけど、今夜は見ていていいと言ってくれそうな気がするの。お紅茶でも持っていってあげようかしら。コーヒーがいいかしら」

「濃いお茶がいいかもしれないわ。美味しい羊羹《ようかん》もいただいているから、いっしょに持っていってあげてね」

緋蝶がお茶を用意している姿を眺めながら、小夜は、いつまで緋蝶を裏切り続けるのだろうと心が痛んだ。

これから彩継とふたりきりになると、何が起こるかわからない。蔵の中では声を上げても外には聞こえない。蔵に長居しても緋蝶に訝《いぶか》しがられないように、小夜は予防線を張ったつもりだった。

すぐに出てこられるか、長い時間になるか、今はわからない。ただ、彩継と同じ屋根の下にいる以上、きのうのことをいつまでも引きずっていたくなかった。結果がどうあれ、何かの決着をつけたかった。

小夜は平静ではいられなかった。工房には鍵がかかっていた。小夜は引き戸をノックした。

「お養父さま……お養父さま」

声をかけながら、何度かノックした。奥の蔵にいるなら聞こえないかもしれない。諦めかけたとき、引き戸が開いた。

「お茶を持ってきたの……」

彩継は小夜を凝視した。何か言いたそうな唇が、かすかに動いたが、言葉はなかった。仁王のようだと小夜は思った。

「入っていい？」

彩継は黙って引き戸を大きくひらき、すぐに背を向けた。小夜は中に入り、作業用のテーブルに盆を置いた。

「お養母さまに、しばらく、お養父さまの仕事を見学してくると言ったわ」

それは、みずから危険に身を浸すことだ。

彩継は引き戸を閉め、鍵をかけた。それから、お茶を飲んだ。羊羹には手をつけなかった。

「蔵に入るんだ」

小夜は、おとなしく従った。

翳りを植え付けられた小夜人形が真っ赤な毛氈《もうせん》の上に横たえられていた。何度見ても、自分自身がそこにいるのではないかと心が騒ぐ。小夜は何もまとっていない人形を見て、自分が裸に剝かれているような気がした。

「どこに行っていた」

「お友達の家……」

「私を騙せると思うか？　どこの誰に抱かれたんだ。

何もなかったと言うつもりはない。しかし、須賀井と瑛介の名前は、どんなことがあっても口に出すわけにはいかない。

「瑛介さんとは会ってないわ……」

「わかっている。あいつは昨夜、深谷の家にいたからな」

「お友達の家にいただけよ」

「どの友達か言えまい？」

「言いたくないの……」

「おまえは私を騙した」

「いいえ……」

「私を油断させ、私を騙して逃げ出したんだ。あれから一睡もしていない。おまえが、わけのわからない男に抱かれていると思うと、いっそ、この屋敷に火をつけて、自分の身を炎で焼いて、灰にしてしまおうかと思った。それほど辛かった。おまえには私の気持ちなどわからないだろう。だから、私をこんなに苦しめるんだ。平気な顔をして、戻ってこられたんだ」

　ゆったりした口調だが、思ってもみなかった激しい言葉に、小夜は背筋が冷たくなった。

　彩継が屋敷に火をつけ、炎に包まれて狂ったように消えていく姿が浮かび、小夜は胸を大きく喘がせた。

「屋敷に火をつけるなんて……お養母さまも殺すつもりだったの……？」

「いや、緋蝶は死なせない。死なせるには惜しい。私は、私に従順な、この小夜といっしょに、ふたりきりで死ねればいい」

　彩継は小夜人形に目をやった。

「いくらよくできたお人形でも、それは私じゃないわ。本当の私は、ここにしかいないわ。これが私よ。私はひとりしかいないわ。お養父さまが、その人形といっしょに死んだとしたら、生きている私は、他の人といっしょに生きてもいいってことなのね？」

「言うな！」

　彩継の目が血走っている。一睡もしていないからではなく、他の者と生きてもいいのかと言った小夜の言葉に激怒しているのがわかる。

　小夜は目の前の彩継が恐ろしいというより、たとえ一瞬にせよ、自分のために命まで絶とうと考えた彩継を思い、哀しかった。それほど愛されていることが嬉しいのではなく、ただ哀しかった。

「お養父さまのばか……小夜を苦しめないで……そんなに小夜のことが好きなら、いますぐ、ここで抱けばいいわ……それで気が済むならそうして。いくら、ここの娘になったと言っても、お養父さまと私は他人。ちがう血が流れているんだもの……お養父さまが私を抱いても罪にはならないわ」

須賀井に抱かれて一日しか経っていない。瑛介に抱かれて半日も経っていない。ホテルを出るとき、ビデで秘芯は丁寧に洗った。瑛介は射精していない。須賀井も同じだ。たとえビデで洗浄していなくても、精液の残渣《ざんさ》などあるはずがない。けれど、処女でなくなったことは、確実にわかる。彩継の怒りは大きく、小夜人形ではなく、生身の小夜と死のうとするだろうか。

けれど、その畏れとは別の思いもあった。須賀井に女にされた後も、瑛介まで小夜を処女だったと固く信じ込んでいる。それなら、ふたりと一瞬しか交わっていないだけに、もしかすると、三度目も痛みが走り、出血するかもしれないということだった。

三人の処女を女にしたことがあるという瑛介さえ、小夜のように出血した女はいなかったと言った。処女膜が厚めなのだろうと言っていた。

彩継との交わりでも出血すれば、彩継は小夜が処女だったと思うだろう。最初の相手が誰かは、口が裂けても言えないだけに、もし、勘違いされるなら、それにこしたことはない。

彩継を騙すというより、彩継を安堵させることになる。一生に一度の儀式を自分が行ったというだけで、彩継の気がすむのではないか。これからも小夜に干渉し、他の男達を敵視するだろうが、最初の男になったと思うことで、男達への嫉妬も今よりやわらぐ気がする。

「一、二時間、ここにいても、お養母さまは不自然に思ったりしないわ。たった今、抱くなら抱いて……明日、きょうと同じ気持ちを持っているかどうかわからないわ。また逃げるかもしれないわ」

小夜は挑むような目を向けた。

「おまえは自分の口で、抱いていいと言ったんだぞ」

「ええ……そうよ」

小夜は彩継を煽《あお》った。

彩継をもし騙せるとしたら、今しかない。騙せなかったら、叱責を受けるだけだ。事実は事実。そうなれば、否定はしない。ただ、相手を言えないだけだ。いざとなれば、行きずりの名前も知らない男だったと言えばいい。

「お養母さまから不自然に思われないように、できるだけ早く戻ったほうがいいかもしれないわ。お養父さま、私は決心したから、自分からここに来たの。そうでなかったら、家に戻ってきても、ここに来はしなかったわ。私の決心が変わらないうちに、抱くなら抱いて」

彩継の血走った目は、まっすぐに小夜を見つめている。小夜の心の内を探るかのような視線だ。

彩継を安堵させることになるか、怒りの中に突き落とすことになるか、小夜はどちらに転ぶか見当がつかなかった。ただ、須賀井と瑛介には短い時間の中で、一生分のやさしささえ与えられた気がしているだけに、そんな幸せを思うと、彩継の怒りが爆発しても、耐えられるような気がした。

「私が動揺すると思っているのか。そう言われると、かえって諦めるとでも思っているのか。諦めはしない。おまえも言ったな。いくら、ここの娘になったと言っても、私とは他人。ちがう血が流れているとな。私がおまえを抱いても罪にはならないともな」

彩継は作務衣の上着を脱ぎ捨てた。

「おまえが本当に、どこかに泊まっておかしなことをしてこなかったのなら……まだ男を知らなかったら……私が最初の男になれたら、何もかもおまえにやる。何もかもすべてを」

「何を？　形のあるものやお金なら、そんなものはいりません。自由がほしいだけ。もっと自由に外を歩きたいの。父や、亡くなった母と暮らしていたときのように、何も干渉されずに……窒息して死んでしまう前に、もっと自由がほしいの」

小夜は切実とした願いに、涙ぐんだ。なぜかきのうから、すぐに涙が溢れてくる。神経が過敏になっているのかもしれなかった。

彩継は何もこたえなかった。小夜のワンピースに手をかけようとした。

「約束して！」

「私が最初の男になれたらな」

なだめ、あやして愛撫する今までの彩継ではなかった。

小夜を裸にし、自分も裸になると、床に毛布を敷き、獣のように小夜を押し倒した。

「おまえのアソコを見るのが恐ろしい。ズタズタに引き裂かれた処女膜など見たくない。何度も見てきた美しいピンク色の処女膜がなかったら、私はこの場でおまえを殺してしまいそうだ。おまえを殺すのを少しでも引き延ばすには、そこを見ないでひとつになることだ。ひとつになる前に、美しいおまえを殺すのは惜しい。他の男と交わったおまえを抱くのはおぞましいのに、抱かないままでは死にきれない」

小夜の総身が鳥肌立った。

彩継の想像以上の執着は、死の匂いがしている。

殺されてしまうのだろうかと、小夜は悪寒がした。しかし、それならそれで、自分の運命だったのだと思うしかない。彩継がそれで気がすむならそれもいい。だが、須賀井と瑛介、緋蝶や景太郎達の哀しみを思うと、鼻腔が熱くなった。

「お養父さま、私はお養父さまが好きよ……でも、私がここに来たから、お養父さまがこんなになってしまったことを思うと、申し訳ないと思っているの……ずっと叔父さまと呼んでいられたら、きっとこんなことにはならなかったわ……私がいけないのね……お養父さまを狂わせてしまったのね」

「おまえの涙を見ても、今夜の私は獣になっていくだけだ。おまえがいいと言った。おまえから抱けと言った」

「もう言わないで……そうよ、私がそう言ったの」

あとからあとから涙が頬を伝い落ちていく。

彩継は小夜を愛撫しなかった。唾液を指につけ、秘口を濡らした。二、三度、たっぷりの唾液で濡らし、小夜を見下ろすと、秘口に押しつけた肉杭を、ぐいっと女壺に沈めていった。

「ヒッ！　痛い！」

またも痛みが走り抜けた。

「嘘だ！　おまえは他の男に抱かれてきたんだ。だから、どこに泊まったか、言えなかったんだ！」

「痛い！　やめて！　お養父さま！　いやあ！」

須賀井や瑛介と違い、彩継は、腰を沈めて剛直を抜くことはなかった。腰を何度も浮き沈みさせた。

「痛い！　許して！　ヒイッ！」

生身の肉を裂き続ける彩継の残酷な行為に、小夜は逃げようと必死になった。彩継は血走った目で小夜を見下ろしながら、抜き差しを続けている。

「やめてっ！　痛い！」

「嘘だ！　他の男に、間違いなく他の男におまえは抱かれてきたんだ！」

憑かれたように抽送を繰り返していた彩継が、何十回めかの抜き差しで動きを止めた。そして、屹立を抜いた。

彩継の目が大きくなった。血まみれの肉茎と小夜の太腿の間の鮮血。それは毛布にまでしたたっていた。

「小夜……おまえは処女のまま戻ってきたのか……本当に男を知らずに戻ってきたのか……」

獣の顔を消し、気の抜けたような顔になった彩継は、口を軽くひらき、呆然と鮮血を眺めていた。

小夜は泣き続けていた。

痛みに対する涙だった。そして、小夜を処女だったと思い込んでいる彩継に安堵し、今まで気が張っていただけ、解放感も大きかった。それが涙になって流れていった。

「約束……約束を守って」

小夜はしゃくりながら言った。

「小夜……悪かった……初めてなら、もっとやさしくするんだった……許してくれ……なあ、小夜……今度からやさしくする……もう二度と疑ったりしない」

小夜を抱きしめた彩継が肩を震わせた。

きのうから、どれだけ長い時間が経っただろう。小夜は、今まで生きてきた以上の長い時間が経ったような気がしていた。

（「人形の家4」につづく）

この作品は書き下ろしです。原稿枚数342枚（400字詰め）。

GENTOSHA OUTLAW BUNKO

紅《あか》い花《はな》

人形《にんぎょう》の家《いえ》3

藍川京《あいかわきょう》

平成15年6月15日　初版発行

発行者——見城　徹
発行所——株式会社幻冬舎
〒151-0051東京都渋谷区千駄ヶ谷4-9-7
電話　03(5411)6222(営業)
　　　03(5411)6211(編集)
　　　振替00120-8-767643

印刷・製本—図書印刷株式会社
装丁者——高橋雅之

幻冬舎アウトロー文庫

ISBN4-344-40379-7　C0193　O-39-10